空想オルガン

角川文庫
17498

目次

主な登場人物

穂村千夏《ほむらチカ》 ……… 清水南高校二年生。廃部寸前の吹奏楽部で、吹奏楽の“甲子園”である普門館を夢見るフルート奏者。春太との三角関係に悩んでいる。

上条春太《かみじようハルタ》 ……… 清水南高校二年生。千夏の幼なじみ。ホルン奏者。完璧《かんぺき》な外見と明晰《めいせき》な頭脳を持つ。

草壁信二郎《くさかべしんじろう》 …… 清水南高校の音楽教師。吹奏楽部顧問。謎多き二十六歳。

片桐圭介《かたぎりけいすけ》 ……… 清水南高校三年生。吹奏楽部部長。

成島美代子《なるしまみよこ》 …… 清水南高校二年生。中学時代に普門館出場の経験を持つオーボエ奏者。

マレン・セイ …… 清水南高校二年生。中国系アメリカ人。サックス奏者。

芹澤直子《せりざわなおこ》 ……… 清水南高校二年生。クラリネットのプロ奏者を目指す生徒。

檜山界雄《ひやまかいゆう》 ……… 清水南高校一年生。芹澤の幼なじみ。打楽器奏者。あだ名はカイユ。

後藤朱里《ごとうあかり》 ……… 清水南高校一年生。一年生部員を牽引《けんいん》する元気娘。バストロンボーン奏者。

渡邉琢哉《わたなべたくや》 ……… 草壁信二郎を取材しようとするフリーライター。

上条南風《みなみ》 ……… ハルタの姉で、上条家三姉妹の長女。一級建築士。ハルタの複雑な人格形成に影響を及ぼしたひとり。

藤島奈々子《ふじしまななこ》 …… 清新女子高校三年生。県大会の台風の目と呼ばれる吹奏楽部を率いる。

遠野京香《とおのきようか》 ……… 清新女子高校三年生。同校吹奏楽部のナンバー2。

ガンバ ………… ????

マンボウ ……… ????

イントロダクション

籠《かご》の中で生きてきたインコは自由に飛べなくてかわいそうって思う？　私にはそうは思えなかったんだよ。だって籠の中で生まれてきたわけじゃん。生まれたときから身の程を知ることができて本当にラッキーだよ。

高校二年の夏に出逢《であ》った、ある女子生徒の言葉が忘れられない。彼女は涙を浮かべながらこう訴えた。わたしは彼女がなにかを捨てたとも、諦《あきら》めたとも、負けたとも思わなかった。彼女はわかっていながら喋《しゃべ》ったのだ。たとえ身の程を知っていても、籠の中から出て空高く飛べる方法を。自由に飛んだ気になって身体中傷だらけで帰ってきても、支え合う仲間がいれば苦にならないことを。それが許される有限の時間は、だれにでも必ずおとずれるということを――

大人になったいまだからこそ気づくことがある。

あの頃の恩師との出逢い、仲間との出逢い、そして別れは、生涯のひとつの美しい軌跡だった。

それとも……がむしゃらになって手に入れてしまった奇跡かもしれない。

春の風、香る桜の花びらとともに、まぶたを閉じればよみがえる光景がある。

…………

おろしたての制服を着たわたしは高校入学を機にひとつの決意を胸に秘めていた。憎たらしいほどショートヘアとズボンが似合っていた中学時代と決別して、女の子らしい部活に入ろうと決めていたのだ。年中無休、二十四時間営業の日本企業のようだった苛烈《かれつ》な女子バレーボール部に未練はなかった。それで中学のときから密《ひそ》かに憧《あこが》れていた吹奏楽部の門を叩《たた》いた。吹奏楽ならクラシックのようなハードルの高さはないし、音楽のジャンルは問わない。ジャズだって歌謡曲だってできる。管楽器なら高校からはじめてもそれなりに音は出せるだろうし、まだわたしにも間に合う気がした。

しかし入部届を出そうとしたときに悲劇が襲った。その年度の部員はたったの三人。おまけに顧問の先生が転任して、廃部寸前の崖《がけ》っぷちに立たされていたのだ。

茫然《ぼうぜん》とするわたしに、手を差し伸べてくれたひとがあらわれた。

新しく学校に着任した先生だった。草壁信二郎《くさかべしんじろう》先生。男性としてはめずらしい若手の音楽教師で、どの先生も見放していた吹奏楽部の顧問を快く引き受けてくれた。あとで知ったことだが、草壁先生は学生時代に東京国際音楽コンクール指揮部門で二位の受賞歴があって、国際的な指揮者として将来を嘱望されていたひとだった。なのに海外留学から帰国後、それまでの経歴を一切捨てて、数年間姿を消したあと、わたしが通う高校の教職についた。理由はわからない。本人も口にしたがらない。ただひとつはっきりしていることは、わたしたち吹奏楽部のやさしい顧問でいつづけてくれたことだ。そんなすごい経歴を持ちながらも、尊大さやおごりのかけらも持たないし、わたしたちの目線に合わせた言葉で話してくれる。

たぶんわたしは、草壁先生とはじめて会った瞬間から片想いをしていたんだと思う。歳の差は十歳。教師と生徒。禁じられた恋（？）……。でも、だれになにをいわれようと、この感情ばかりはしようがないし、自分に嘘をつきたくない。草壁先生のそばにいる機会が増える度に、わたしは先生の人望とやさしさ、そして時折見せる陰のある部分も知ってしまい、どんどん惹《ひ》かれていった。

もうひとり、吹奏楽部の立て直しで忘れてはならない人物がいる。

わたしと一緒に入部を決めてくれた上条《かみじょう》春太《ハルタ》だ。わたしは彼のことをハルタと呼び、彼はわたしのことをチカちゃんと呼ぶ。六歳まで家が隣同士で、その後離れ離れになり、高校で再会を果たした幼なじみだ。童顔で背が低いことを気にしているが、さらさらの髪にきめ細かい白い肌、二重まぶたに長い睫毛《まつげ》、女のわたしが心から切望したパーツをすべて持って生まれている。おまけに頭脳は明晰《めいせき》で、校内で起きた問題を次々と解決してしまう。たぶんハルタもまた、草壁先生とはじめて会った瞬間から片想いをしていたんだと思う。

歳の差は十歳。教師と生徒……。禁じられ……。男とお……。いやいや待て待て。わたしの恋のライバルになってどうする？　あり得ない。でも、だれになにをいわれようと、この感情ばかりはしようがないし、自分に嘘をつきたくないらしい。いやっ。わたしと同じことを考えないで。そんなことを真顔でいわれても困ってしまう。

つまりわたしとハルタは高校に入学して九年ぶりの再会を果たしたときから、草壁先生をめぐる〈♀→♂←♂〉の三角関係になっていたのだ。大地よ、海よ、そして生きているすべてのみんな、わたしにほんのちょっとずつだけ元気を分けてちょうだい！　え？　女のわたしが男のハルタに負けるわけがないって？　でもね、わたしと同じようにハルタも真剣に恋をしていたのだ。「男だからって負けないよ」って爽《さわ》やかな顔でライバル宣言されてしまうと、困惑と敵意が入り混じった複雑な心境になるけど、幼なじみのハルタなら、なぜか許せてしまうときがある。ハルタはこうもいうのだ。この恋に、ただ女であることだけに胡座《あぐら》をかくことはフェアじゃない。高校三年間を悔いのないよう一生懸命過ごして、草壁先生に認められるレディにちゃんと成長して、自分に白旗を揚げさせることこそがチカちゃん、ひいては地球上の全女性の勝利になるのではないか。責任重大だよ、チカちゃん！――と。だから卒業式まで抜け駆けしないという協定をハルタと結んでしまい、誓約書まで書かされ、彼の家の隠し金庫に入れられてしまった。いま冷静に考えれば、単純なわたしはこの時点でハルタの術中にまんまとはまっていた気がする。

そして、わたしとハルタには共通の夢があった。

夢……

それは草壁先生に再び表舞台へ出てもらうこと。

吹奏楽を愛する高校生ならだれもが憧れる聖地――全日本吹奏楽コンクール高校の部の全国大会の舞台、普門館《ふもんかん》の黒く光る石張りのステージに立ってもらうことだった。わたしたちの青春をかけた最高の舞台に、草壁先生に指揮者として立ってもらえたらどんなに素敵で、どんなに誇りに思えるだろう。想像しただけで胸が高鳴る。

このことをうっかり話してしまうと失笑するひとが出てくる。弱小吹奏楽部が全国大会出場だなんて、映画やドラマで見るような安っぽい絵空事だと。わたしもハルタもそんなことはわかっている。努力すれば報われるなんて甘いことは考えていないし、辛《つら》い現実を知っている。でもどんな弱小吹奏楽部だって、全国大会への挑戦権を持っていることを忘れていない。挑戦権を持ちつづけるための努力は無駄にならないことを知っている。だから、頑張りまーす、のようなポーズだけは取りたくなかった。やると決めて、洗面器に顔を突っ込んで上げない者が勝ちなのだ。

部員は五人。傍《はた》から見れば、夢も希望もないどん底状態だった。どん底だからこそ、やれることは這《は》い上がるしかない。あの頃のわたしたちは他の生徒と比べて二割増しくらいの無茶をした。偶然をたぐりよせて、それをハルタと魔法のように必然に変えてしまったこともある。寄り道どころではなく、遭難までして得た大切なものもあった。

そんなわけで部員集めに奔走するわたしたちふたりに、六面全部が白いルービックキューブの謎や、演劇部との即興劇対決など、一休さんも裸足《はだし》で逃げ出すような珍問奇問や難題が立ちはだかったが、無事解決して、一年生の秋にはオーボエ奏者の成島美代子《なるしまみよこ》、冬にはサックス奏者のマレン・セイという素晴らしい仲間が加わった。

ふたりともブランクはあったけど、成島さんは中学時代に普門館の出場経験があり、中国系アメリカ人のマレンは幼い頃からサックスに親しんできたキャリアがある。ふたりの即戦力の参加は、噂を聞きつけた吹奏楽の経験者が入部を申し込みにきてくれたほどの影響力があった。

二年生に進級した四月には、修了式前に縁ができたバストロンボーン奏者の後藤朱里《ごとうあかり》が新入生を引き連れてきてくれ、五月には待望の打楽器奏者、引きこもりで一年留年していた檜山界雄《ひやまかいゆう》が仲間に加わった。

そして同じ時期、じょじょにメンバーが集まる吹奏楽部の行く末を大きく左右する同級生と出逢った。芹澤直子《せりざわなおこ》。クラリネットのプロ奏者志望。普通なら彼女のように音楽家を目指すひとは英才教育で知られる私立の名門音楽校に早い段階で入学する。それだけ長く一貫教育が受けられるからだ。だけど家庭環境に恵まれている彼女は、社会に出て苦労すると困るから、というすごくシンプルな理由で、家に一番近いわたしたちの普通高校に入学して一般教科も真面目に勉強していた。

筋金入りのアンチ吹奏楽部の芹澤さんは音楽室に度々忍び込むようになる。そこでわたしたちは彼女が重度の難聴にかかっていることを知ってしまった。その絶望は、音楽がすべてで育ってきた彼女にしかわからない。将来の決断を迫られ、それでも前に進もうとしている彼女にかける言葉をわたしは持っていなかった。だけど一学期の終わりに、初恋研究会の初恋ソムリエを名乗るくせ者の先輩を介して、彼女との距離がすこし縮まる出来事があった。みんなの足を引っ張っていたわたしに実践的なアドバイスをしてくれたり、お節介を焼いてくれるようになった。自分のことで精一杯のはずなのに、涙が出るほどうれしかった。

応援してくれるひと、支えてくれるひと、仲間が増えるにつれて、わたしとハルタの夢がすこしずつ現実に近づいていく。草壁先生の指導のもと、練習を一気に増やして朝練も毎日こなした。強豪校の吹奏楽部がなまじの運動部よりずっと体育会系だとは聞いていたけれど、それをみんなの肌で一日一日と実感できるようになっていく……

これから話すのは、待望の地区大会にエントリーできた二年目の夏の物語。

地区大会にさえ部員不足で出場できなかった弱小吹奏楽部が、草壁先生の着任からわずか十六カ月で県大会を突破し、その上の大会までのぼりつめた。

だけどわたしが語りたい物語は、東海大会初出場までの道のりではない。

わたしには決めていることがある。

いつか大人になって高校時代のことを話すときがきたら、あのときの苦労話や努力の軌跡は決して口にしないと。

これはちょっとした心境の変化だ。

その代わり、どんなに苦しいときでも、素敵な寄り道ができたことを伝えたい。どんなに厳しい環境でも、ちょっとだけ遠まわりして楽しく生きたことを教えてあげたい。それが許される宝石箱のような時間は、だれにでも必ずおとずれるのだから——

ジャバウォックの鑑札

私の宝物、ジャバウォックよ。
いつかあの子に親友ができたときは、私の代わりに喜んでおくれ。
いつかあの子が困難に打ちひしがれたときは、私の代わりに寄り添っておくれ。
そしていつかあの子が……いつか………万が一にも……
こんな私を必要とするときがくれば――
おまえがあの子を、私のところまで連れてきておくれ。

1

八月一日　○○新聞朝刊
男児、ベランダから転落。あわや大けが。女子高校生がキャッチ！
七月三十一日午後三時ごろ、清水区△□の市営住宅三階のベランダから、五歳の男児が転落し、あわや大けがになるところを女子高校生が下で受け止めた。男児は軽傷で済んだ。

××警察署によると、男児は高さ約七メートルのベランダの鉄柵《てっさく》にまたがって遊んでいたところを、通りがかりの女子高校生に注意された。男児は部屋に戻ろうとして手を滑らせ、柵の部分をつかんだ状態でぶら下がった。その場を去ろうとした女子高校生が異変に気づき、声をかけながら男児の下にまわり込んだところで男児が落下。奇跡的に女子高校生の腕の中に収まった。この女子高校生は名乗らずに立ち去ったが、楽器ケースを背負って、ひどく慌てた様子だったという。


みーん、みーん、みーん。

遠いどこかで蝉が大合唱している。

ふぉーふぁー……ふぁおーん……ふぉ？

迷子の象も鳴いている。

わたしはひざに顔を埋《うず》めてうずくまっていた。室内とはいえ、じっと座っているだけで汗ばむ夏の暑い日だ。まぶたを薄く開き、ぼんやりと霞《かす》んだ目で左手首に貼った湿布を見つめる。つんとしたハッカの匂いを嗅《か》ぐのは中学以来だった。バレーボール部に全力投球していたあの頃を思い出す。額の絆創膏《ばんそうこう》にそっと指先を触れ、現実感が戻らない遊離した感覚のまま阿呆《あほう》のようにつぶやいてみる。

わたしはだれ？　ここはどこ？

「おまえの名前は穂村《ほむら》千夏《チカ》。県立清水南高校、吹奏楽部の二年生だ。そしてここは市民文化会館ホールのホワイエ（ロビー）。……現実逃避したい気持ちはわかるが、あえていわせてもらうぞ。今日はコンクールの地区大会の当日だ」

恐る恐る見上げると、朝刊を持った部長の片桐圭介《かたぎりけいすけ》が腕組みして立っていた。ふぉーふぁー……ふぉふぁ……ふぉ？　部長の向こうで、トロンボーンのチューニングに苦労する他校の女子生徒が顔を真っ赤にしていた。

「コンクール前日にお手柄だな。よかったじゃん、おまえ」

そういいながらも片桐部長の顔は引きつっていた。

「……朝練、休んだことを怒ってるんですか？」

小声でたずねると、片桐部長の顔がさらに引きつった。なにかを抑え込むようにごくりと喉《のど》を鳴らしてから、圧迫感を含んだ声でいった。

「そんなことより俺は、朝刊に載っていたお手柄女子高生の容態を知りたいんだが。当然、無事に済んでいないんだろ？」

わたしは、えへへ、と胸を張って笑う。もう笑うしかない。

「手首を捻《ひね》って、腰をしこたま打って、家に帰って失神しました」

片桐部長は眉間《みけん》に深い皺《しわ》を刻んで指をあてた。かき氷を食べ過ぎたあとにつづく苦悶《くもん》の表情に似ていて、なんだか申し訳なくなる。

ふぉーふぁー……ふぉ。一方で他校の女子生徒はトロンボーンのチューニングを健気（けなげ）につづけていた。基本的に指定のリハーサル室以外では音出し禁止だが、大会慣れしていない学校もあって、あちこちで音を出しまくっている。だれかが彼女を注意して、ふぉ？とびっくりする反応をトロンボーンの低音が奏でた。

「そりゃあ、そうだろうな。五歳児の体重が重力に従って落ちてきたんだから」

「すごい衝撃でした」

「すごいって……」片桐部長が身悶えしそうになる。「おまえは大事なフルート奏者……。いや。うちみたいな規模の吹奏楽部には替えがいないという意味で……。もう、褒めていいんだか……嫌みをいったらいいんだか……わからなくなってきたぞ……」

「わたし、頑張れます」

「おまえは超合金でできているのか」

勢いよく立ち上がり、片桐部長の腕をつかんで懇願した。

「いやっ。捨てないでくださいっ。今日のために頑張ってきたんです。はじめてのコンクールなんです。バレーボールをやめたわたしには、フルートしかないんです。倒れるならステージの上で演奏し終わってから、前のめりで倒れたいんです」

片桐部長がはた迷惑そうな素振りで周囲に目を配りながら、なにかいいたげな複雑な顔を返した。

今日は記念すべき、わたしたち吹奏楽部の初陣の日なのだ。

午前九時の開会式まで、まだ時間はある。

「……おいおいおいおい。そろそろみんなが集まってくるぞ」

片桐部長が頭を掻《か》きむしってタイムスケジュールが書かれた用紙に目を落とす。今日は朝の六時に学校に集合、朝練をしてから会場入りする段取りだった。

「え。みんな知らないいんですか？」とわたし。

「朝から動揺させてどうするんだよ！」

「会場で動揺させてどうするんですか！」

大声でふたりでつかみ合い、また周囲に痴態をさらした。

屋外と大ホールの間にあるホワイエは、午前の部の出場校の生徒で混み合いはじめていた。地区大会は県の東部、中部、西部の三つの地域で開催される。わたしたちがいるのは中部地区大会の会場だ。本番当日の緊張感に襲われている生徒もいれば、携帯電話の画面に目を落としっぱなしの生徒、談笑している生徒などさまざまいる。女子率が高いのも特徴のひとつだった。

吹奏楽コンクールは大編成のA部門と小編成のB部門に分かれ、地区・県の予選を勝ち上がることで、上位大会である支部大会に出場できる仕組みになっている。

その上の全国大会は支部大会を勝ち抜いた学校のみが出場できる。場所は吹奏楽を愛する中高生にとって憧《あこが》れの聖地――東京都杉並区にある普門館だ。つまり県代表のレベルでは全国大会の門は開かれなくて、出場するための難易度の高さは並の運動部の比じゃない。真剣に普門館を目指す学校の練習は想像以上にハードで、強豪校だと部活動の中で学校にいる時間が一番長くなる。

ちなみに全国大会の普門館に出場できるのは大編成のA部門だけだ。

当然わたしたち吹奏楽部のメンバーは普門館に憧れている。努力だけで報われるほど甘くない世界だとわかっていても、せめてA部門にエントリーして普門館の挑戦権を手に入れたかった。でも今年は部員の数がとても足りなくて、A部門を断念する結果になった。エントリーしたのは小編成のB部門。これがわたしたちの最初の一歩だ。成果をきっちり残して来年につなげたい。

「はい、そこ、喧嘩《けんか》しない」

ぱんぱんと手を叩《たた》く音がして、わたしと片桐部長はつかみ合った状態でふり向く。そばに芹澤さんが立っていた。制服姿のわたしたちと違って、七分《しちぶ》袖《そで》の可愛らしいシャツワンピにスキニーデニムと白のスニーカーを合わせている。春より伸びたショートヘアが彼女から少年のような面影を取り除いていた。

「……なんだ、芹澤か」片桐部長がいった。

「なんだとはなによ」芹澤さんは左耳に指先を触れ、小さな補聴器の位置が気になるしぐさをした。切れ長の目は相変わらず、安易にひとを寄せつけない雰囲気がある。

「いや。アンチのおまえが応援にきてくれるなんて」

片桐部長がすこし驚いた口調でいうと、芹澤さんはむっとした表情で、肩に担いでいたナイロン製のナップザックを床に置いた。中からコールドスプレーと替えの湿布、塗り薬のチューブが出てくる。わたしを座らせて額の絆創膏を剝《は》がした。男児の爪が当たってしまい、傷になっていた箇所だった。芹澤さんが軟膏《なんこう》をちょんちょんと塗りつける間、わたしはされるがままになる。

「芹澤。事情を知っているのか」片桐部長が朝刊をひらひらとかざしていう。

「昨日の夜、母娘で泣きついてきたから」

「……大変だな、おまえも」

芹澤さんはわたしの左手をそっと持ち上げ、指を一本ずつ丹念に確認してくれる。つづいて遠慮なく腕や肩をさすってきた。

「どうだ？　芹澤」片桐部長が真剣な面持ちになって腰を屈《かが》めてくる。

「身体は病院で診てCTスキャンも撮ってもらったそうよ。頭を強く打ったわけではないし、とくに問題はないみたい。演奏のほうは深夜、川べりの空き地でチェック済み。前の日とまったく同じところでミスしていたから、手首のほうもだいじょうぶよ」

「頑丈にできているんだな……」片桐部長が心の底から感心する素振りを見せて、ふと眉《まゆ》根《ね》を寄せた。「前の日？　なんで芹澤が」

「うるさいわね」

芹澤さんの顔にちょっと赤みがさす。わたしが彼女に個人レッスンを受けていることは秘密だ。わたしと芹澤さんとの間にはいろいろあったけれど、いまではかたい友情で結ばれている。片桐部長はなんとなく察してくれたようだった。

「……穂村。どこか痛み出したところはないのか？」

首を縦にふった。いまはもうだいじょうぶだ。やせ我慢じゃない。片桐部長はしばらくわたしを見つめ、わたしも力強い目で返す。やがて彼の口から吐息がついて出た。

「ま、仮にハンデがあったとしても、俺たちが引き受けるからいいか」

「プロのオケじゃないんだから、いいと思うわよ」芹澤さんがナップザックからクリームパンを取り出して渡してくれる。

見上げるわたしはほっと胸を撫《な》で下ろした。安心したら急にお腹が空《す》いてきたので、クリームパンの袋を破って頬張る。

「いっそのこと頭を打ってフルートの天才少女になればよかったのにな」

「ええ。私も願ったわ」

「なによ！」

片桐部長も芹澤さんもどこ吹く風でつづけた。

「ところであまり感心しないぞ。女ふたりで深夜に野外練習なんて」

「上条くんにもきてもらったわよ。むしろ彼のほうが心配」

「どうしてだ？」

「大笑いして、穂村さんと取っ組み合いの喧嘩になったから」

わたしを見下ろす片桐部長が苦々しい顔つきになった。

がやがやと騒がしいホワイエの中央から、わたしたちを呼ぶ声がしてふり仰ぐ。芹澤さんも遅れて反応した。

他校の女子生徒たちの視線を一身に浴びる三人の男子生徒が歩いてきた。ひとりは長身の中国系アメリカ人、どことなくアジア系俳優を思わせる静謐《せいひつ》な雰囲気がある。サックス奏者のマレンだ。もうひとりはお寺の住職の息子で、高校生らしくない長髪を後ろで縛っていた。彼は事情があって一年留年している。打楽器奏者の檜山界雄——カイユだった。

ふたりにつづいてハルタがのこのことやってきた。

本人は背が低いことを気にしているが、女のわたしが心から欲しいと思うパーツをすべて持って生まれた忌ま忌ましい幼なじみだ。ハルタは円錐《えんすい》状に飛び出たホルンのケースを提げていた。顔には斜めに四本、熊の食事を邪魔してできたような引っ掻き傷がある。白状します。やったのは昨日の夜のわたしです。

「地区大会にしては、カメラを持った記者が多いわね」

別の声がして、首をまわすと成島さんも到着していた。一年に一度しか切らないような野暮ったいロングヘアをお団子ふうにまとめ、いつもの分厚い眼鏡がコンタクトに代わっていた。

片桐部長がマレンとカイユと成島さんに朝刊を手渡し、無言でわたしを指さした。三人の顔が朝刊の記事を読んで青ざめる。成島さんがふっと貧血を起こしたように背中から卒倒しかけたところを、芹澤さんが慌てて支えていた。

ため息をついた片桐部長が合奏に支障がないことを早口で説明して、ようやくみんなの動揺がおさまった。朝練でわたしが抜けたことについては、本番前のリハーサルで合わせることで草壁先生と話がついているらしい。よかった。

「じゃあ、カメラを持った記者たちは穂村さん目当てかな？」

とカイユが興味津々と口を開き、照れたわたしは身をよじらせる。成島さんのいう通り、地区大会レベルでは普通、新聞記者はやってこない。

「……ごめんね。みんなに迷惑をかけないよう、忍者みたいにこそこそ隠れるから」

「たぶん、チカちゃんが目的じゃないよ」

正面のガラス扉を眺めているハルタがつぶやき、その声はすぐ雑踏にかき消された。

「え？」とわたしも同じ方向に顔を向ける。

ガラス扉の方向——休日のこの時間はバスが駅と市民文化会館前を数分おきに往復して

いるせいか、見慣れない制服のかたまりがぞろぞろと間欠的に入ってきた。通用口の札がかかった隣のガラス扉は施錠され、ガラスの向こうに大小の楽器ケースが整然と置かれている。すこし離れて演奏の順番待ちの生徒たちが並んでいた。午前中の出場校で三番目か四番目あたりかもしれない。ひとりの女子生徒が大切そうに持つピッコロが印象的だった。出番を待つように静かに光り輝いている。今年こそ勝ち上がって県大会に出場しようね。彼女たちからそんな気迫が感じられて、県大会に進みたいのはわたしたちだけじゃないことを知る。

……って、ちょっと待って。ハルタのさっきの台詞《せりふ》はなんだったの？　カメラを持った記者たちの目的は？

ハルタの目が左右に動いていた。来場者、関係者の中からだれかを捜している様子だった。

ホワイエにある壁掛け時計を確認すると開会式まであと十五分だった。みんなと一緒にホールに移動する。分厚い防音の二重扉を抜けると、千百七十人分の席の半分ほどが午前中の出場校の生徒や保護者で埋まっていた。後方の席の隅のほうで一年生の後藤さんたちがぴょんぴょん跳ねて手をふった。空席に持ち物や鞄《かばん》を置いて、わたしたちの分まで席を取ってくれている。

ステージを見渡して密《ひそ》かに息を呑《の》んだ。すでにピアノやハープ、ティンパニやスネアドラムが設置されていて、譜面台とパイプ椅子がずらりと並んでいる。場所が変わるだけで、普段見慣れていたものの印象がすごく変わる。地区大会といえど、わたしにとってはじめての舞台であることを改めて実感した。開会式がはじまる前から緊張して、吐く息が震えそうになる。

前の席に座るハルタと成島さんをちらっと見た。ハルタは経験者だし、成島さんに関しては中学時代に普門館の出場経験がある。

ふたりのやり取りが聞こえた。

「……上条くん。いおういおうと思ったんだけど」

「なに？」

「お風呂《ふろ》入った？　さっきから変な臭いがするわよ。生臭いというか、獣臭いというか」

「き、気のせいだよ」

「ひとり暮らしだと大変ね」

「外に噴水があったから、身体……洗ってこようかな」

「冗談よね？」

「冗談だよ」

いますぐわたしの緊張感を五倍に希釈して、ここでアロマにして焚《た》きたい心境に駆られた。頼りの草壁先生の姿を目で捜した。吹奏楽部のメンバーがぞくぞく到着しているのに、先生の姿をまだ見ていない。

開会式の五分前になって、意外な人物が片桐部長をたずねてきた。

身体をねじったみんなが目を見張る。藤《ふじ》が咲《さき》高校吹奏楽部の堺《さかい》先生と岩崎《いわさき》部長だった。プロレスラーになれそうな体格をしていて、合同練習会では怒声ばかり吐く堺先生を、わたしたちは密かにゴリラと呼んでいた。

藤が咲高校吹奏楽部は、東海五県でたった三校しか選ばれない普門館に創設以来十一回の出場経験を持つ伝統のある部だ。わたしたちの吹奏楽部とは規模が違い、昨日のA部門と今日のB部門の両方にエントリーしている。

堺先生はわたしたちをひと通り睨《にら》みつけてからいった。

「開会式が終わったら、ここにいるメンバーを集めて外に出てくれ」

2

開会式が終わって、市民文化会館前の広場に移動した。

わたしたちの学校は午後の出場で、演奏順は二十六校の中で最後、午後四時からだった。自由曲の演奏時間は七分という規定なので、スケジュール通りにきっちり進行する。ステージで演奏が行われている間、次の出場高校とさらにひとつ後の高校がパートごとに列をつくって袖《そで》で待機、その後に控える高校はホールのホワイエで陣取る形になる。スペースが限られた控え室は楽器や機材置き場としてしか使用できないし、楽器の搬送トラックが利用できる駐車場も限られているので、遅い演奏順の出場校が最初からいる必要はない。むしろ邪魔だ。だから楽器搬入の数時間前に到着するのが普通だった。

「……なんだ。朝から全員揃っているじゃないか」

堺先生が呆《あき》れた声でいい、わたしたちは唇を尖《とが》らせる。部員数は二十四人。全員がもれなくコンクールメンバーで、演劇部の部長の名越《なごえ》が〝ゆとりバンド〟と馬鹿にする編成だった。今日の地区大会に演奏技術が間に合わなかった数人の一年生も、カイユの打楽器の補助で出場してもらっている。

「自分たちには長いブランクがありましたから、会場慣れしようと思いまして」

片桐部長が控えめに説明すると、ハルタが横から割って入ってきた。

「今日のB部門の地区大会が、今月末の東海大会の金賞、ひいては来年のA部門の華々しい出場につながるんです。記念すべき日に最初からいないと意味がないじゃないですか」

ビッグマウスどころかメガマウスに、全員が震え上がった。片桐部長と成島さんがハルタの口を塞《ふさ》いで押さえつける。この身の程しらずめ。目の前にいる方をだれと心得る。みんなで折り重なるようにしてハルタを無理やり土下座させると、堺先生が鷹揚《おうよう》さを感じさせる声でわははと笑った。面《おもて》を上げぇ～、とどこかの時代劇みたいに、芝まみれのわたしたちは顔を上げる。

「楽器の搬送トラックがやってくるのが二時半だな」

「ええ」と芝を取る片桐部長。

「草壁先生の合流は遅れて一時からになった。それまで部長の片桐が指示を出して引率するように」

その事実を、片桐部長ははじめて知った顔をしていた。「先生は一緒に学校を出ましたよ。てっきり……」

「急用ができたそうだ」

みんながすこしざわついた。

コンクール当日にどんな用事だろう。ふと思った。わたしが知る草壁先生なら、急用といえど、今日みたいな大事な日に理由をいわずに姿を消すなんて考えられない。

堺先生が息をひとつ大きく吐いた。

「草壁先生と相談して、打楽器以外の楽器を分けて運ぶ手配にしてある。届くのが十二時半だ。うちの学校が金を払って確保している練習場が十二時五十分には空く。打楽器はそこにあるものを使っていい。リハーサル前にも、全員で合わせる時間が喉《のど》から手が出るほど欲しいだろ？」

喉から見えない手が伸びたみんなは、いっせいに前のめりになって崩れそうになる。堺先生は冷ややかな視線を返した。

「なんでも朝練を休んだ生徒がいるらしいな」

わたしはひとりこそこそと隠れた。

「あの、本当に……練習場を借りるなんて……そんなご厚意に甘えてもいいのでしょうか？」片桐部長がしどろもどろに口を開く。

「草壁先生には、うちの岩崎が指導を受けた恩があるからな」堺先生の目が動いた。ハルタ、カイユ、そして隠れ損ねたわたしを順に見て小声でつづける。「それに一部、借りができた生徒もいる」

「え」

片桐部長がわからない顔をすると、堺先生は咳払《せきばら》いをひとつして、それから手を叩《たた》いてみんなの注意を引いた。

「いま、この瞬間だけ、俺が代行だ。だから俺からありがたいアドバイスをしてやる」

代行という言葉にちょっと驚いた。藤が咲高校だって今日のB部門にエントリーしている。先生を待っている部員がいるのだ。それなのにわざわざ貴重な時間を割いてまで、わたしたちにアドバイスをしてくれるなんて……。固唾《かたず》を呑んで聞き入る体勢をとる。

堺先生が大きな声で喋《しゃべ》りはじめた。

「コンクールがはじめての生徒も経験者もよく聞け。お前たちは本当によく頑張ってきた。

だから今日は気持ちを軽くして、思いっきり楽しんでこい」

みんなで顔を見合わせる。普門館常連校の顧問がいうんだから間違いない。緊張がすこしだけ和らいだ気がする。

「……というとでも思ったか、馬鹿め。こういう場で、そんなことをいう指導者を俺は信用しない」

みんなが慌てた。

「草壁先生がいいにくいことを俺がいってやる。いいか？　そんな戯《ざ》れ言《ごと》は不本意な結果に終わったときの言い訳の準備にすぎない」

「じゃ、じゃあどうすれば？」

一番面食らっている片桐部長が必死の形相でたずねる。

「本番直前は最大限に緊張して震えることが大切だ。だからこそお前たちは各々の音に責任を持てるんだ。はじめから楽しもうなんて思わないことだな。お前らごときの演奏なんてすこしの気のゆるみがあれば、観客の耳に届く前に、無風の部屋でさえ散ってしまう」

「……お言葉を返すようですが、緊張がミスを招いてしまったら、どう対処すればいいのでしょうか？」

わたしと一年生がいおうとして、もごもごと口を動かすだけでいえなかったことを、マレンが静かに代弁してくれた。

「観客や審査員が聴いているのは、そんな断片的なものじゃない。間違いも含めて、ひとつの連続した演奏だということを忘れるな」

みんなが沈黙して見つめると、堺先生は穏やかな笑みを浮かべてつづける。

「お前らがやっているのは吹奏楽だ。そうだろう？　技術を聴かせるのが音楽じゃない。ひとりのミスは、ふたりの演奏でカバーする。全員のハート、全員の音楽力で聴かせるんだ」

「はい」ようやくみんなの声が揃った。

「以上、俺からのありがたい言葉を終わる」

堺先生は踵《きびす》を返し、朝刊の記事を読んで青ざめている岩崎部長の肩を叩く。例の記事はいつの間にか蛍光ペンでマークされ、〈穂村先輩はせいいっぱい頑張ったと思うひと〉に「正」の字が、ミミズが這《は》ったような文字で並んでいた。

ふと堺先生が真横を向き、その表情をかたくした。植え込みのそばで、さっと顔を逸《そ》らす男性がいた。知らないひとだった。腕まくりした白のワイシャツにネクタイ、機能的なショルダーバッグを抱えている。軽めのパーマをあてたような跳ね気味の茶髪は、普通の社会人っぽくない印象がある。

「今日は大会の取材を受けることがあっても、なにもこたえなくていいからな」

堺先生は苛立《いらだ》たしげにいい、肩を怒らせて去った。岩崎部長も朝刊を返して慌ててついていく。植え込みのそばにいた男性も、いつの間にかいなくなっていた。

なんだろう……。黙って見つめるわたしたちの時間を動かしたのは、片桐部長の集合の掛け声だった。コンクールの会場では携帯電話を使わないことに決めていたので、午前中の連絡の取り合い方と、昼ご飯を食べたあとの待ち合わせ場所を決めた。そのあとはホールの客席に戻る部員と、譜面を持ってホワイエに移る部員とに分かれた。メトロノームを持ったカイユが打楽器担当の一年生を手招きしている。打楽器はスティックさえあればどこでも練習できるのだ。

真っ青な夏空には雲ひとつなく、太陽がぎらぎらと輝いて眩《まぶ》しい。額の上に手をかざして日陰をつくった。

みんなから離れてたたずむハルタの後ろ姿を見つけた。気になって近づいてみると、ハルタの視線も男性が消えた公園方向に注がれていた。

「ねえ、ねえ、ハルタ」

ハルタの制服を指でつまんで引っ張った。はじめて見る女子ならうっとりするほどの二重まぶたと長い睫毛《まつげ》が動き、わたしは落ち着いてたずねた。

「草壁先生、朝練が終わってすぐこの会場に向かったんじゃないの？」

「電話がつながらないんだ」

「え」

「堺先生の話から、事故とかじゃないと思うんだけど……」

合流は一時。急用ができた――堺先生の言葉を思い出した。なにがあったのかわからないけど、すくなくとも堺先生とは連絡が取れるのだ。

「心配してもはじまらない」ハルタが晴れやかな顔でつづけた。「チカちゃんは、一時からの合奏の練習のことを考えたほうがいいよ」

「うん……」わたしは視線を落としてうなずき返す。ハルタのいう通りだ。堺先生がくれた思いがけないチャンスを無駄にできない。

熱気を含んだ風が吹いてふたりの髪をなぶった。髪を押さえつけていると、ふとかすかに生臭い臭いが鼻をかすめた。動物の臭い？　わたしはハルタの制服に鼻先を寄せて、浮気を疑う主婦みたいにくんくんと嗅《か》いだ。

3

ホワイエに演奏の録音CDをつくってくれる専門の業者がいた。一枚千五百円。高いけれど演奏終了後に学校別の専用ケースに入れて手渡してくれる。財布の中身と相談した結果、申込用紙に書き込むことに決め、県立清水南高校の欄にチェックをつけて半券を受け取った。

午前の演奏も残すところ、あと五校。

わたしは首をまわしながらハルタを捜して歩く。草壁先生につづいて今度はハルタも姿を消してしまったのだ。ホールの席で聞いた片桐部長と後輩たちの会話を思い出す。

（——あれ、上条は？）

（上条先輩なら、トイレに行ったきり戻ってきません）

（そういえば様子がおかしかったな。挙動不審というか）

（なんか先輩、ひと目を気にしているというか、コソコソしていましたけど……）

ホワイエのどこを捜してもハルタはいない。外だろうか。わたしは正面のガラス扉から出た。いきなり陽射しが眩しくなり、温度が上昇する。怯《ひる》んだが、歩き出した。ハルタのこともあったが、外の空気も吸いたかった。高校受験のときと同じ感覚だった。まわりのひとたちがみんな頭よく見えるように、他校の演奏が上手に聴こえてしまう。ホールにいると、どんどん気持ちが畏縮《いしゅく》してきてしまう。

あの高校は、集中した冒頭部が綺麗《きれい》だった。金管のまとまりもよかった。

あの高校は、弱奏部で響きが潰《つぶ》れないようアレンジで工夫していたな……

成島さんやマレンは落ち着いて聴いていたけど、わたしには耐えられなかった。たかが地区大会でと馬鹿にされるかもしれないが、地区大会以外の世界をわたしはまだ知らない。

「待って」

呼びとめる声に足をとめる。会場の方向から芹澤さんが走ってやってきた。

「穂村さん、どこ行くつもりなの?」

ハルタを捜しになんていえなかった。「ちょっと外の空気を吸いに」

芹澤さんはわたしの目をのぞき込むようにすると、いきなり腕をつかんできた。

「ちゃんと戻ってきてよね」

「え」

「いいから。約束して」

芹澤さんがなにを心配しているのかわからなかったが、首を縦にふると、腕から手を離してくれた。

すぐ戻るつもりで芹澤さんと別れて芝生の上を歩く。日光に熱せられたアスファルトがないだけ、うだるような暑さはない。木々は夏の青葉を繁らせ、日陰ではゴムボールをくわえた柴犬《しば》が尾をふっていた。

イベント会場でうちわを配っていたので受け取った。可愛いマンボウやカジキの絵が描かれた広告用のものだ。

うちわをパタパタしながら、お城を見上げる。

市民文化会館の隣には、かの徳川家康の隠居先といっては聞こえが悪いが、駿府城《すんぷ》がそびえ立っている。映画や時代劇に出てくるような威風堂々としたお城を想像すると、すこし肩すかしを食うかもしれない。でも観光客用のパンフレットによると、財団法人日本城郭協会によって「日本100名城」に選ばれているらしい。……日本にお城が百以上もあるのか。なんだか有り難みが失《う》せてしまったと感じたことは内緒だ。

目の前をリードをつけていないダックスフントの親子がてくてくと通り過ぎたので、避けて歩く。放っておいて飼い主はだいじょうぶだろうか。

駿府城のまわりに大きな自然公園があった。週末のせいか、たくさんの親子連れで賑《にぎ》わっている。遠くで子供たちが賑やかにはしゃぎまわり、麦わら帽子をフリスビーみたいに飛ばし合っていた。ピクニックシートを広げる家族もいる。

長い花壇に沿って進むと、三匹のチワワのリードを一生懸命引っ張るお爺《じい》さんがいた。チワワたちは舌をだらりと口元から垂らして荒い呼吸をしている。

周囲を見まわした。玉砂利あり、芝生あり、木の橋ありで、なかなか歩き応《ごた》えのある公園だと思った。日傘をさすお婆さんがベビーカーを押して通り過ぎた。中に赤ちゃんがいると思ったら、犬用のはっぴを着たブルドッグがしかめっ面をして乗っている。

なんだろう。首を傾げたわたしは立ちどまった。

「……駿府公園はペットの入場を認めているんだ。観光名所もあるし、全国で有数の自然公園だと思うよ」

背後のだれかが親切に教えてくれて、ふり向くと、見覚えのある男性が立っていた。堺先生に睨《にら》まれて、こそこそ逃げたひとだ。軽く会釈してくる。間近で見ると三十歳前後に思えた。

「警戒しなくていいよ」

彼は人好きのする笑顔で名刺を差し出してきた。わたしは受け取らずに、首を伸ばして目を落とす。〈エディター兼ライター　渡邉琢哉《わたなべたくや》〉電話番号と住所を見て眉《まゆ》を顰《ひそ》めた。

「……ライター？　愛知から？」

「ああ。名古屋を拠点にする中目出版社から委託を受けている。君たちにはフリーライターという言葉のほうがしっくりくるかもしれない。原稿が早いのと、フットワークが軽いのが取り柄だが、財布も軽いのが難点だ。フリーじゃ食っていけないから副業はしているけどね」

「取材？」

「話が早い」

わたしはとっさに芸能人みたいに顔を隠す。

「あの。顔出しは勘弁してください。名乗るほどの者ではありませんし、平和を愛する市民なら当然の義務ですから」

「義務？　どういう意味かな？」

わたしは目をぱちくりした。あれ？〈男児、ベランダから転落。あわや大けが。女子高校生がキャッチ！〉の取材じゃないの？

今日は大会の取材を受けることがあっても、なにもこたえなくていいからな——いまさらながら堺先生の言葉を思い出し、一歩退いて口をファスナーのように閉じる。

「君、実はさっきから様子を見させてもらったんだけど、わかりやすいね」

「なによ！」「簡単にファスナーがぱっくり開いた。

「ついでにいわせてもらうと、そのうちわのイラストは趣味が悪い。実物のマンボウは寄生虫だらけだし、もっと不細工だぞ」

「もらいものですっ」

起伏の激しい反応だけど、なんと会話のキャッチボールが成立している。面の皮が厚いというか、取材慣れしているようだった。

「話は戻るけど、委託を受けて東海五県のコンクールの取材をしているんだ。出場校の生徒の声は貴重でね、本番前の意気込みとかを聞かせてほしいな」

（実はさっきから様子を見させてもらったんだけど——）

耳にしたばかりの渡邉さんの言葉を思い出した。なんでこのひとは、会場の外に出たわたしを追いかけてまで取材をするのだろう？　ホワイエには出場待ちや演奏を終えた生徒がいっぱいいたのに……

「失礼します。演奏のことで頭がいっぱいなんです」

軽くおじぎして、まわれ右すると、背中に静かな声が届いた。

「安心していいよ。君たち清水南高は順当に県大会に進む」

「え」

渡邉さんは人差し指を折り曲げてネクタイを緩めている。愛知ほど蒸した暑さではないだろうけど、陽射しがきつそうな眼差《まなざ》しをしていた。

「B部門の出場校は二十六校。去年は金賞が十校で、すべて県大会に出場したんだ。今年も同じ確率になるよ。この中部地区大会には、地区金がない」

この記者は地区金という言葉を知っている。上位大会に進めない金賞のことだ。県大会や支部大会ではダメ金と呼ばれ、ダメ金を獲《と》った多くの学校がうれし半分、涙を呑《の》む結果となる。

渡邉さんがトランペットを吹く真似をした。「実は昔ね、ラッパをやっていたんだ」

その言葉を無視する。「……さっきの話はどういう意味なんですか?」

「君たちが県大会に進むことかい?」

わたしはうなずいた。今朝、ピッコロを大切そうに持っていた女子生徒が脳裏に浮かんだ。他校の生徒の努力をないがしろにされているようで、すこし腹が立った。

「東部や西部と比べて中部のレベルは劣るし、大波乱が起こるよ。去年県大会に出場した学校のうち六校で、指導者が今年替わっている」

知らないことだった。

「君たちにとって次の県大会が正念場になるんじゃないのか？　勢いのあったのは東部だな。台風の目というか、高校吹奏楽の革命児というか……すごい女子高があったぞ。もう傑作だ。写メ見る？」

渡邉さんはひょうひょうとしたしぐさで携帯電話を取り出し、わたしは「見ません」と首を横にふった。内心、革命児という言葉が気になった。いったいどんな女子高だろう？

「あ、そ」と渡邉さんはつまらなそうに携帯電話をしまうと、「ま、この際正直にいうけど、君がホールで席を立つまで俺も午前中の演奏を聴いていたんだ」

「え」

「どう思った？」

「……どの高校も巧《うま》いと思いました。うかうかしてられないって」

「君は自分たちのバンドの実力を過小評価していないか？　あの草壁信二郎が指導している吹奏楽部だ。俺は五月にあった君たちの定期演奏会をビデオで視聴したことがある。会場で撮影をした観客がいて、それが出まわったんだ」

いきなり草壁先生のフルネームが出てきたこと、五月の定期演奏会のビデオが出まわっていたことに、わたしは目を見開く。

「無名の吹奏楽部を、よくぞあそこまで育てたと思ったよ。直接の取材は教頭に断られたがね」

「あの。草壁先生を知っているんですか？」

「五年前、クラシック界の時代の寵児《ちょうじ》とまでいわれた人物だ。東京国際音楽コンクール指揮部門では二位の受賞だが、あれは審査員の一部に癒着の噂があった。彼の実力は飛び抜けていたよ。二十年に一度や十年に一度という逸材が毎年出てくる世界でも別格だった」

そういってから渡邉さんが腕組みする。一拍おいて、眼光が鋭くなった気がした。

「……輝かしいキャリアを全部捨てたはずの草壁信二郎が、無名の地方高校の吹奏楽部顧問として再び表舞台に立とうとしている。興味が出ないほうがどうかしているよ」

わたしは身体をすっと引いた。今朝の成島さんの言葉がようやく理解できた。

――地区大会にしては、カメラを持った記者が多いわね。

わたしたちの出場が見世物にされようとしている？

会場を出るときに芹澤さんが心配してくれた理由がわかった。想像力を働かせればわかることだった。なのにわたしはひとりのこのこと無防備に出歩いて、この記者に追いかけられてつかまってしまった。馬鹿だ。わたしは本当に馬鹿だ。

「帰れ」

そっぽを向いてつぶやく。自分の語彙《ごい》の貧弱さが、このときほど恨めしいと思ったことはなかった。

「まいったな」渡邉さんが頭を掻《か》く。

「どうして放っておいてくれないんですか？」

「そんなことをしたら、どの雑誌も、狂牛病の牛の脳みそみたいにスカスカな内容になるじゃないか」

いったいどんな喩《たと》えだ。渡邉さんは大袈裟《おおげさ》に嘆息してみせる。

「堺という教師が記者を説得してまわっていてね、今日の午後にでも連盟を通じて取材制限が敷かれる見通しだ。だが俺は諦《あきら》めることはできない」

「……まだ地区大会ですよ」弱々しく訴えた。

「地区予選大会だからだよ。記者やっているとね、取材のクオリティを分ける境界線というものがわかってくるんだ。この中部地区大会で面白そうな記事が書けるのは午後の終盤の二校。指揮者なしで出場する城北高と、草壁信二郎が率いる清水南高だ。とくに清水南高の取材は、最初から最後までやらないと意味がない」

苦手な人種だと思った。言葉ではとても太刀打ちできない。わたしは渡邉さんの前で、深々と頭を下げた。

「……お願いします。他校のみんなには迷惑をかけたくないんです」

不思議なものを見る視線を頭上に感じ、沈黙は長くつづいた。

「もうかけているよ」

「今日の演奏順だ」

「え？」

わたしは顔を上げて瞬《まばた》きをくり返す。

「演奏順は抽籤《ちゅうせん》で決める。部長に聞いてみるといい。抽籤で引いたのは、本当に最後だったのかと」

動揺した。「ど、どういう意味ですか？」

「マスコミの注目は、君の高校じゃなくて草壁信二郎だ。……連盟も、普段は日の目をみない高校に親心を出したんだろうな。記者が集まったこの大会で金賞をとれば新聞や雑誌に掲載されるかもしれないし、例年より扱いが大きくなって励みになるかもしれない。そのために演奏順を操作して、記者を最後まで残しておく必要があった」

そんな……

「草壁信二郎の存在が、各学校の吹奏楽部に余計なプレッシャーを与えているんだ。これは公平じゃない」

わたしは首を横にふった。気後れしそうになっていた意識を取り戻した。

「演奏順の操作があったとは思えません」

抽籤を引いた片桐部長を信じた。あのひとは意外と常識人だし、つまらない嘘はつかないし、隠し事もしない。なにより不正の片棒を担ぐなんて、ぜったいにあり得ない。

「抽籤の細工は、連盟側でいくらでもできる」

「そんなの、いいがかりです」

「じゃあ、なぜ草壁信二郎は君たちを放って姿をあらわさないんだ？　引率者だろう？」

「……単純に、あなたたちがいるからです」

きっとそうだ。堺先生が問題を解決するまで会場入りできないのだ。でも、執念深さを持つこの記者は残った……

「嫌われたものだね」

「大嫌いです」いま、はっきりとわかった。わたしは胸で深く息を吸う。「ついでに先生のことを呼び捨てにするな」

足早にこの場から去ろうとした。渡邉さんがしつこくついてくる。

「悪かったよ。すまなかった」

「わたし、なにも喋《しゃべ》っていませんからね」

「ん？　取材の目的は果たしたよ。君の様子でだいたいわかった。草壁信二郎は失踪《しっそう》の理由を君たちに明かしていない」

なんなのよ、なんなのよ、このひと。目に涙がにじみそうになる。耳を塞《ふさ》ぎたくなる。

だれか助けて。

「ちょっと待ってよ、君――」

いい終わらないうちに、うわっ、という叫び声とともに背後で転ぶ音がした。ふり返ると、いてて……とうつ伏せに倒れる渡邉さんと、足を引っかけたハルタが立っていた。渡邉さんを見下ろすハルタが冷めた口調でいう。

「さっきから純粋なチカちゃん相手に、しゃらくさいレトリックを使っていますね」

「ハルタっ」

さっとハルタの背後に隠れた。このときはじめて、わたしの足にふれる異様な生き物の存在に気づいた。この臭い……。ハルタの手に鎖のリードがあった。リードの先を目で追うと、頑健な骨格と広い額をもつ大型犬がいた。見たことのない種類だった。老犬らしく毛艶《けづや》はあまりよくないが、たてがみのようなふわふわした白毛が首のまわりにある。

「君は確か……」と渡邉さんがひざを払って立ち上がる。「……思い出した。ゲシュトップ（ホルンのベルを右手で塞いで金属的な音を出す奏法）がやたら上手《うま》かった生徒か」

「教頭先生がかつらをずらしてまで取材拒否した記者って……おじさんのことだったんですね」

渡邉さんが名刺を差し出した。ハルタは目の前で破り捨てる。こういう緊迫した空気に慣れていないわたしはハルタの背後に隠れながらドキドキした。

「君たちふたりで顧問をかばうつもりかい？」

「吹奏楽部を立て直した初期メンバーなんです。結束はかたい」

渡邉さんは黙っていた。

「取引しませんか？」とハルタ。

「取引？　どんな？」

「ぼくたちの高校を見逃してください」

取引といわれた以上、渡邉さんは興味のある目でつづきをうながしている。ハルタは手にした鎖のリードを突き出した。

「今朝、コンクールの会場で見つけた迷い犬です。この犬の飼い主を捜してあげてください。あなた次第で充分埋め合わせの記事になります」

は？　わたしは大型の老犬を見た。ハルタに従うわけでなく、抵抗するわけでもなく、ただじっとおすわりの姿勢を保っている。恐る恐る手で触ってみた。おとなしい。感触は、昔盲導犬をさすったときのものと似ていた。あのとき動物の目を見てはじめて、瞳《ひとみ》の奥の深さを感じた記憶がある。この老犬も同じ種類の瞳を持っていた。

渡邉さんは顎《あご》に手を添え、じろじろ老犬を観察する。

「……それ、本当に迷い犬かい？　首輪に犬鑑札はついていないようだが」

犬鑑札？　知らない言葉が出てきた。なんだろう？

「今朝、リードの鎖を引きずったまま会場のまわりをうろうろしていました。この大きさだから、放っておけば騒ぎになると思って保護していたんです」

「鎖を引きずったまま、うろうろとねえ……」

渡邉さんが屈《かが》み込み、片手で老犬の口をやさしくつかんだ。そのままぐいっと親指を動かして歯茎をのぞかせる。慣れた手つきに思えた。

「なるほど。つい最近、犬歯がひとの手で削られた跡があるね。いくつか抜歯もされている。犬にとって歯は重要だ。まっすぐ歩けなくなることもあれば、死に直結する問題にもなる。高度な専門技術をもった獣医師に頼まなければならないけど、こいつはそうじゃなかったみたいだ。かわいそうに」

「ずいぶん詳しいですね」ハルタがすこし感心した素振りでいう。

「ドッグショーの取材を何度かやったことがある」渡邉さんがハルタを見すえた。「君のいうことに嘘はなさそうだ。で、まっさきに保護したと？」

「そうですが……」

なぜかハルタの歯切れが悪い。それを見て、渡邉さんが含みのある笑みを浮かべた。

「じゃあ、こういう流れかな」

今朝、会場のまわりでハルタが老犬を発見。
↓
とりあえず駿府公園の目立たない場所に移動。リードを固定。こうすればすぐ保健所に通報されることはない。
←
心配だから、ホールを抜け出して様子を見にきていた。
←
チカと遭遇。

渡邉さんの話の要約はこんな感じだった。理屈に合うけれど、ハルタがホールを抜け出してまで犬の世話をするなんて、それほどの動物愛護主義者とは思えない。

「取引に応じますか？　どうですか？」

ハルタが決断を急《せ》かし、渡邉さんはこたえに迷っている。真剣に悩んでいるというより、頭の中でいろいろとなにかを試算している表情にも思えた。

わたしはハルタの背後から首を伸ばして、渡邉さんに聞いてみる。

「……あの。このワンちゃん、そんなにすごい犬なんですか？」

「ずっと昔、テレビでやっていたムツゴロウ動物王国の中でしか見たことがないな」

はぐらかされた気分になり、わたしはハルタを指でつつく。しぶしぶといった表情でハルタがこたえてくれた。

「チベタン・マスティフ」

「ちべた？　ごめん。もう一回」

渡邉さんが声をあげて笑った。「チベタン・マスティフ。まだ日本では知名度は低いが、チベット高原に生息する犬だ。土佐《とさ》犬といった大型犬の祖先で、シェパードと並んで世界の二大軍用犬とされている。チベット語では『ドォピー』と呼ばれて、『つないで飼わなければならない犬』という意味を持つんだ。最近の改良された品種ならおとなしい」

「へえ」

つづく渡邉さんの言葉に、わたしは震撼《しんかん》した。

「中国の富裕層ではステータス・シンボルとなっている犬だ。だいぶ高騰していて純血種なら数百万円から数千万円の値がつく。桁《けた》が違う」

「あ、あの、こ、こここ、この犬は純血種なんですか？」

「実際に見たことがないからわからないが……調べてみる価値はありそうだね」

ハルタの行動原理がすべて解けた。気づくとそばにいない。あれ？　どこいった？　いつの間にかハルタはマスティフに抱きついて、ふさふさの毛に顔を埋《うず》めている。

「……おまえはいつまでもぼくと一緒なんだ。雪が降る前に、天使が迎えにくる前に行こう」

どこかのアニメの教会のラストシーンを思い出した。どうかこのまま真夏の日に凍え死んでほしい。とりあえずハルタをマスティフから引き剝《は》がし、思いっきり蹴《け》った。

「見損なったわ。金目当てだったのねっ」

制服に足跡をつけたハルタがきっと見上げる。

「こいつはぼくと一緒に暮らすつもりだったんだ。もしかしたらぼくはこの先、一生ひとりで生きていかなければならないかもしれないんだ。こいつに養ってもらおうと思ったんだっ」

「……彼はいったいなにをいっているのかな？」

渡邉さんが素朴に聞いてきたので、わたしは苦々しい顔になる。男のくせに草壁先生に片想い中とか、こともあろうにわたしの恋のライバルだとか、三角関係の禍々《まがまが》しさとか、家庭の事情でひとり暮らしをしているとか、いえないことが多すぎる。

「金の亡者ですから、気にしないでください」

ようやく、チューブに残った最後の歯磨き粉を絞り出すようにこたえた。

「本当に君と同じ高校？」

「余所《よそ》の子ですっ」

わたしはハルタの耳を引っ張りながら渡邉さんと対峙《たいじ》し、リードの鎖を突き出した。

「このすごいワンちゃんを預けますから、早く飼い主を見つけてあげてください」

渡邉さんの目が別の方向に動く。ハルタが腕を伸ばして、マスティフの首の部分を指さしていたからだった。丈夫そうな革でできた首輪があり、簡単に外せないよう南京錠がかけられている。犬の負担にならない程度の大きさと軽さで、小さな三桁ダイアルで開けられる仕組みになっていた。

それは、チタン製の三桁南京錠だった。

「どうして首輪に鍵《かぎ》なんか？」わたしは疑問を口にした。

「この首輪を勝手に外すな、というメッセージにとれるね」

渡邉さんはそういって革の首輪に指を這《は》わせていく。やがてその指がとまり、わたしも顔を近づけた。首輪に〈PIE SIMATA〉と刻印されている。不思議な刻印だった。ローマ字綴《つづ》りなのか英語綴りなのかわからない。

「犬鑑札がない代わりに、奇妙なものがついているな」

また犬鑑札という言葉が渡邉さんの口から出た。いったいなんだろう？

「〈PIE SIMATA〉……ピエ……シマタ……？」

わたしはそのまま棒読みしてみる。

「日本式のローマ字読みだとそうなるね。仮に英語綴りだとしても妙だ。動物病院のカルテで見かけるような、ペットの名前と飼い主の名字かな」

シマタという名字は耳にしたことないし、ピエという犬の名前も普通の感覚じゃまずつけない気がした。第一、変だ。最近の歯の矯正といい、鍵のついた首輪といい、マスティフの飼い主はまともなひとじゃなさそうだった。わたしはハルタを見る。本当はお金が目的じゃなくて、この奇妙なマスティフを会場で見つけて扱いに困っただけかもしれない。耳をつかむ手をすこし緩めた。

そんなわたしたちの様子を見て、渡邉さんが真顔になる。

「なるほど。交換条件としては面白い。近年のペット事情と合わせて、それなりに売り込めそうな記事が書けるかもしれない。だが、難しい問題が起こると思うよ。今回のコンクールにおける草壁信二郎の存在と同じだ」

「え」

「才能や特権階級が日常に放り込まれることは、異物と同じなんだ。平然と穏やかに、周囲の人間を巻き込んで、正常な感覚を失わせていく」

渡邉さんが視線を素早く左右にふった。いつの間にか周囲にひとがたくさん集まっていることに気づく。チベタン・マスティフ、数百万、数千万、金目当て——声に出して喋《しゃべ》ったことを後悔した。野次馬の中から、小学校高学年くらいのおさげの髪の少女と、大学生らしい上背のある青年が進み出てきた。

「……私の犬」

「それ、僕の犬です」

飼い主を名乗る人物がふたりあらわれた。予想外の出来事に、ひざをつくハルタもわたしも目を剝《む》いてしまう。

「拾ったのは君たちだ。本物の飼い主と思うほうに渡せばいい。面白そうだからここで見学させてもらうよ」

渡邉さんはそばにあったベンチに腰掛けて小声でつづけた。

「現代の大岡裁きか。取引に値するのは、こういう記事だ」

4

本番前にとんだトラブルに巻き込まれてしまった。

正午の鐘が公園に鳴り響く。

夏の太陽がほぼ真上から見下ろすようになり、わたしとハルタは額ににじんだ汗を手の甲で何度も拭《ぬぐ》った。楽器の搬送トラックが到着するのが十二時半。それまでに会場へ戻らなければならない。たぶんみんなは、昼ご飯を食べながらわたしたちの帰りを待っている。

みんな……

ベンチで足を組み直す渡邉さんを恨めしい目つきで眺める。このいやらしい記者を野放しにしておくことなんてできなかった。みんなのため、草壁先生のために、わたしとハルタでなんとかここで食い止めたい。

渡邉さんはミネラルウォーターのペットボトルを口に含みながら、奇妙なマスティフ騒動を見物している。

青年とおさげの少女が鎖のリードを引っ張り合っていた。びくともしないマスティフが大きなあくびをした。迷惑そうだ。非日常な光景だけど、非日常と思わせないリアルな側面がある。桁が違う――渡邉さんの生々しい言葉を思い出した。

どうしよう。

「ねえ、さっきの犬鑑札ってなんなの？」

わたしはハルタを肘《ひじ》で小突いてたずねる。

「ドッグタグ。犬の戸籍謄本みたいなものだよ。飼い主の連絡先や住所がわかる」

「車のナンバーと同じ？」

「そう、それ。普通なら首輪に小判形の小さなタグがぶら下がっているんだけど」

「見たことない……」

すると渡邉さんが大きな声で口を挟んだ。

「犬鑑札のことかい？　大半の飼い主はつけようとしないぞ。恰好《かっこう》悪いからだよ。飼い主とはぐれてしまったときの生死を分けるのになあ。それがなくて致死処分されるケースが後を絶たないのになあ。かの震災ではそれでたくさん死んでいるのになあ」

野次馬の中で、視線が交わされる微妙な空気が流れた。ポメラニアンに洋服を着せた婦人が不機嫌そうに去り、あとにつづくひとが出てくる。

「……ギャラリーを減らしてやったぞ」

渡邉さんがぽつりといった。

一方、青年とおさげの少女はマスティフを間に挟んで険悪な空気を漂わせている。青年は痩《や》せ型で、色褪《いろあ》せたジーンズにポロシャツを着ていた。外見や印象からでは、マスティフを飼えるほどのお金持ちに見えない。それは少女のほうも同様で、量販店で売っているような無地のワンピースと地味な運動靴を履いていた。

飼い主を主張するふたりは、さっきからマスティフを名前で呼ばない。肝心のマスティフも、どちらにも懐く様子を見せない。

ふたりとも本当に飼い主なの？　お金目当て？　ため息が出た。

ハルタの背中を両手でぐいぐい押した。搬送トラックの到着まで時間がない。ハルタは仕方ないといった表情で、ふたりの間に割って入る。てっきり仲裁するのだと思った。

「拾ったのはぼくだ。本当の飼い主なら証拠を見せてほしい。証拠がなければ渡せない。こいつはぼくと一緒に暮らすんだっ」

リードの鎖を三人で引っ張り合う姿を見て、世の中が本当に嫌になった。マスティフはびくともしないまま庭石のようにうずくまり、つぶらな黒い瞳《ひとみ》を虚空に向けている。ごめんね。人間を嫌いにならないでね。もうちょっとの我慢だからね。

ハルタの醜態は放っておいて、たまにはひとりで真面目に考えることにした。犬鑑札がないいま、飼い主の証明となるもの……。なにかあるだろうか……

あった。

「本物の飼い主なら、マスティフのお散歩グッズを持っているはずよ」

青年と少女が同時にわたしのほうを向く。青年はトートバッグ、少女は大きめの巾着《きんちゃく》袋を片手で突き出してきた。一応わたしが代表して中身を確認する。スコップ、エチケット袋、犬用の水筒。わたしは顔をちょっとしかめ、我慢してふたつのエチケット袋をつまみ上げた。

「ハルタ、確認」

「え。ぼくが？」

「早くしなさいよ。あなたの生き恥を帳消しにしてあげるから」

ベンチで見物している渡邉さんがひゅうと口笛を鳴らす。本物の飼い主のエチケット袋なら、ここにいるマスティフの排泄《はいせつ》物が入っているはずなのだ。今日のわたしは冴《さ》えている。こんなトラブルで貴重な時間を削り取られるわけにはいかなかった。

ハルタがわたしの意図を察した様子でリードの鎖から手を離し、エチケット袋の中身を順にのぞいていく。注意深く観察していた目が大きく開いた。慌ててマスティフに近づいて長い体毛を確認している。

「……どう？　ハルタ」

「ふたりとも同じ毛のついたウンチが入っている」

「え」

どういうこと？　青年と少女も、はっと驚いた顔を見合わせている。

その意味がわかりかけたとき、暑さのせいではなく、急に汗をかいてきた。嫌な汗だった。純血種なら数百万円から数千万円。平然と穏やかに、周囲の人間を巻き込んで、正常な感覚を失わせていく——

渡邉さんが指摘したことは、こういう事態だったのか。

「……ふり出しに戻ったよ。チカちゃん、他には？」

ハルタがなんの感情も込めずに、青年と少女を等分に眺めていう。事態の深刻さに頭のスイッチが切り替わったようだ。

飼い主の証明……。犬鑑札以外にわたしが思いつくキーワードはあとひとつしかない。

「買ったときに、血統書はついてこなかったの？」

少女は血統書の意味がすぐ理解できなかったようで、先に口を開いたのは青年だった。

「血統書ならないんです。譲ってもらった犬ですから。ただ名前はパイっていうんです。首輪に〈PIE〉ってアルファベットがあるでしょう？」

念のためハルタに目で確認の合図を送る。

「……ストロベリーパイのパイ。綴《つづ》りは合っているよ」

ハルタはリードの鎖をつかみ直してつぶやいた。

「この犬は雌だからパイ。譲ってもらったばかりでまだ懐いていませんから、僕がいくら呼んでも反応してくれないんです。まあ、もともとマスティフはあまり懐かない犬種なんですが」

このマスティフは雌だったのかと、いまさらながら気づく。——パイちゃん。犬の名前ならあり得るかも。

「首輪に刻印された残りの文字、〈SIMATA〉は？」

ハルタがリードの鎖から手を離さず青年にたずねる。

「ああ……それはですね」

青年はおもむろに片手で携帯電話を取り出すと、親指で素早く操作して見せてくれた。登録しているアドレス帳の中に「嶋田信一」という名前があった。

「シマタ、パイ。〈SIMATA〉は知り合いの名字で、前の飼い主なんです。このひとが証人になってくれます。貴重な犬なんですけど、もらったときから犬鑑札はついていませんでしたし、大型犬の首輪は買うと高いから、譲ってもらったときのものをずっと使っているんです」

「前の飼い主の名字がシマタ？」ハルタがくり返した。

「ええ。嶋田をシマタと読むんです」

「普通はシマダじゃないんですか？」

「名字の読みでしばしば間違われるんですが、シマタなんです。プロ野球の阪神《はんしん》タイガースで、嶋田哲也という元投手がいますよ？　いまは審判をやっているんですが、昔はシマタ投手で有名だったんです。嘘だと思うなら調べてもらって結構です」

わたしとハルタは目を動かして渡邉さんのほうを見やる。彼は両手を上げてマルの字をつくった。対岸の火事というか、呑気《のんき》なものだ。

「……めずらしい読み方だからこそ、ローマ字綴りにして首輪に刻印していたそうです。ちゃんと意味があるんです」

声は堂々としていたが、青年の視線はどこか落ち着かない印象があった。ただ理屈は合っている。彼はマスティフの背中を撫《な》でながらつづけた。

「それに、あなた方がいっていたほどの金銭価値はもうありませんよ。仔犬《こいぬ》ならともかく老犬で、歯の矯正だって獣医師を間違えたせいでひどいんです」

本当にそうなのだろうか、と思った。日本ならともかく、いまの景気のいい中国ならそれでも欲しがる富裕層はいるかもしれない。だから飼い主がふたりも名乗り出る状況になった。

ふたりのうち、すくなくともひとりが嘘つきなのだ。ただの嘘つきじゃない。いつの間にかマスティフの排泄物と、お散歩グッズを手に入れてあらわれた悪質な嘘つきだ。

わたしとハルタの顔が、さっきからうつむいて黙っている少女のほうに向いた。リードをかたく握りしめて離さない手の甲に、小さな傷がいくつもあることに気づく。

「きみのその手」ハルタが口を開いた。

「え」少女が身じろぎ、ようやく顔を上げて反応した。

「どうしたの？」

「……一度噛《か》まれて大騒ぎになったの。歯を削ったのは、そのときお父さんが……」

「まともに噛まれたらそんな傷じゃ済まない。甘噛みする癖がまだ残っていたんだよ。敵意があるからやっているわけじゃない」

少女が黙ってハルタを見返している。なにかいいかけて、その口を弱々しく閉じた。ごめんなさい……。やがて掠《かす》れた声で、少女はマスティフに向かって謝った。

「きみの犬なの？」

ハルタが静かな声でたずねると、少女はこくりとうなずいて小声で返した。

「……お母さんがずっと大事に飼ってた犬」

「どういうこと？」

「お母さんが私にくれた」

飼っていた？　くれた？

「犬の名前は？」

「……飼ってから一度も呼んだことがない。ケットウショもあるかどうかわからない」

不思議に思った。少女の話には、どこかちぐはぐというか辻褄《つじつま》の合わない部分がある。

ハルタはすこし考える素振りを見せてから構わずつづけた。

「いつから飼っているの？」

「去年……」

「ちょっと待ってくれ」青年が横合いから口を挟んだ。「さっきからその子の主張はおかしい。それに普通、母親が子供にプレゼントするなら仔犬でしょう」

「おとなしい老犬に育ったからこそ、母親がこの子に託したってことも考えられますが」

ハルタが少女の肩を持ったことで、青年の顔からみるみる色が失《う》せていく。

緊張するわたしをよそに、ひざをついたハルタが少女と同じ目の高さで向き合った。考えてみれば、ハルタが子供と接する姿をはじめて見た気がする。子供を子供として上から見るのではなく、同じ弱さを持った人間として正面から向き合っているような気がした。

ハルタなら……なんとなくわかる。

ハルタは少女に向かって、なぜか責める口調でつづけた。

「どうして大事に飼わなかったの？」

少女は思いつめた顔をして、ぎゅっと目をつぶる。「それどころじゃ、なかったから。今日だって、目を離した隙に逃げちゃって」

「……まさかこの暑さの中、ずっと捜していたの？」

　少女はこくりとうなずき、マスティフを自分の判断で保護したハルタが後悔する表情を浮かべた。少女は喉《のど》が渇いている様子で、こめかみから汗を落とす。

　わたしも疑り深い目を青年のほうに向けた。

「ふ、ふざけるな。僕を疑うとでも？　こうして証人だっているのに」青年は携帯電話を掲げて肩を大袈裟《おおげさ》にすくめてみせた。それから急に思いついたしぐさで口を開く。「そうだ。僕には首輪の鍵《かぎ》が開けられるぞ」

　見上げたハルタが眉根《まゆね》を寄せ、青年はつづけていった。

「本当の飼い主だったら首輪の鍵を外せるはずです」

　青年は少女をどかすように割り込んでくると、屈《かが》み込んでマスティフの首輪の三桁《けた》南京錠をまわしはじめる。

　一回でカチリと音がして開錠された。これにはわたしもハルタも驚いた。

「〇〇〇～九九九までだから確率は千分の一」

　青年は啞然《あぜん》とする少女の目の前で三桁南京錠を掲げて、それからすぐにカチリともとの首輪に施錠した。

「チカちゃん、携帯電話を貸して」とハルタが少女を見やりながら、わたしのほうに腕を伸ばした。

わたしはマナーモードにしていた携帯電話をハルタに差し出す。

「母親に電話したほうが早い。連絡、とれる?」

ハルタは少女に携帯電話を渡そうとするが、少女はなぜか受け取らない。短い沈黙のあと、少女のつぶやく声が返ってきた。

「……わからない」

「家の番号は?」

少女は拒絶するように首を横にふり、それから困り果てた表情で後ずさる。

「なんだ」少女の様子に青年は明らかに気をよくした様子で、自分の携帯電話も突き出した。「ほら、ほら、早く母親に電話をすればいい。できないの?」

少女は顔をゆがめ、リードの鎖から手を離すと、屈み込んでマスティフの首輪の鍵を外そうと試みた。ダイアルをいくら必死にまわしても開錠しない。まわす度に少女の顔色が悪くなっていく。

胸がちりちりと痛む光景だった。まさか嘘をついていたのは——。でもなぜだろう。わたしもハルタと同じように、弁が立つ青年より、この不器用な少女の肩を持とうとした気持ちがあった。この子の手の甲にある傷。なによりこの子は正直すぎるところがある。

少女を頭から見下ろした青年は、寛大な笑みを浮かべてみせた。

「きみはこの犬が欲しかったんだね。出来心はだれでもあるし、まだ子供だから責めたり

「……出来心？　そんな。嘘じゃない。私の犬、私がお母さんからもらった犬なのにっ」

　少女が立ち上がって反発した。

「きみのいっていることは支離滅裂だ。いい加減にしないと怒るよ。もう用事があるから、パイを連れて帰るからね」

　青年はリードの鎖を携えてマスティフを連れて行こうとした。焦った少女はリードの鎖ではなく、青年の足を両手でつかんで踏ん張った。

　え？　と思った。

「待って、待って。シマタって名字は本当にあるの？　本当にあるなら、お兄さんの知り合いなの？　シマタカズコって知ってるの？」

　予想外の展開にわたしは戸惑ってしまった。

　青年が首を傾げる。「……さあ。カズコって、だれのことだろう」

「お母さん。この犬を私にくれたお母さんの名前。シマタカズコ？　会いたい、会いたい」

　少女が目に涙を浮かべて訴え、青年は意味がわからない表情を返した。

「悪いけど、カズコっていう名前の女性は知らないな」

「うそだ、うそだ」

　しつこく食い下がる少女に、青年は舌打ちした。

「なんなんだ、この子はいったい——」

そのときマスティフのそばで素早く屈み込む影があった。ハルタだった。首輪の三桁南京錠を急いでまわしている。

カチリという音がした。なんと、ハルタも一回で開錠してみせた。

「ぼくにも鍵の暗証番号がわかりました。首輪にヒントがあるんです。刻印の〈PIE〉という文字をローマ字綴《つづ》りで読むのか、英語綴りで読むのか迷っていると、暗証番号の候補がひとつ出てくるんです。パイという発音そのものが数学記号のπともとれるんです」

青年はまったく動じなかった。「π＝三・一四で、三一四が正解という保証はないよ。それでも僕は一回で開錠してみせたんだ」

彼はハルタから三桁南京錠を奪い取り、もとの首輪に施錠してリードの鎖を引っ張った。これ以上この場にあまりいたくない様子で、ハルタがとっさにリードの鎖をつかむと、青年の目が凄《すご》みを帯びる。

「さっきからさ、きみ、どういうつもりなの？」

「予《あらかじ》めいくつか候補を決めて、試す時間は充分にあった」

「……試す？　どういうこと？」

「ぼくがホールに行って、再びマスティフをつないだ場所に戻ってくるまでの間です」

「心外だな。まるでこそこそ事前準備でもしていたみたいじゃないか」

「たったいまわかったんです。マスティフのウンチを手に入れるとしたら、その間だけなんです。入念な事前準備はできた。もう出来心というレベルじゃない」

青年がすっと深く息を吸う。

「じゃあさ、公園に目撃者でもいたの？」

ハルタが沈黙して口を閉じた。やがて、歯の隙間から苦しそうな声を押し出した。

「……失礼を承知でいいますが、もし本当の飼い主じゃなかったら罪になりますよ」

青年の眉《まゆ》が吊《つ》り上がる。語気を荒らげて一気にまくしたててきた。

「ひとを犯罪者扱いか。そんなことをいったら、きみも似たようなものじゃないか。どうしてすぐ保健所や警察に通報しなかったんだ？　ホールといったからには、あそこの会場でコンクールに出場している生徒だろ？　このことを僕が連盟や学校に報告したっていいんだぞ。知られたら大問題じゃないか」

ハルタの顔が青ざめて怯《ひる》んだ。リードの鎖をつかむ手がゆるみ、その隙を青年は逃さなかった。リードの鎖とともにマスティフを力ずくで引き寄せる。

「そろそろ結論は出たかな」

ベンチから立ち上がった渡邉さんが腰を払って近づいてきた。渡邉さんは、茫然《ぼうぜん》と立ち尽くしている少女と、肩を落としているハルタに目をやると、ふんと鼻を鳴らして青年の前に立った。

「高校生の彼がいった罪とは占有離脱物横領のことだ」

渡邉さんの牽制《けんせい》に、今度は青年が口を閉じる。青年は空を噛《か》み、

「僕の住所と連絡先です。これでいいでしょう?」

ジーンズのポケットから折り畳んだメモ用紙を取り出して、ぶっきらぼうに渡邉さんに渡した。

「ずいぶん準備がいいね」渡邉さんは含む口調でいい、そのメモ用紙をろくに見もせずにワイシャツの胸ポケットに入れてしまった。「高校生の彼を許してやってくれないかな。若気の至りで、たいした証拠もなく君を疑ってしまったようだ」

「……みたいですね」青年は口の片側だけを使ってこたえる。

「ただ、彼の直感もわからなくはない」

青年は無言で渡邉さんを見返す。

「手にしたことのない現金が目の前にあれば、ひとは変わるかもしれない。いまの苦況を脱出できるなら、どんな滑稽《こっけい》なお芝居だろうと、一か八かでやり通そうとするかもしれない。相手が自分より歳下ならなおさらだ。そして計画的な嘘をつくとき、人間は多弁になるんだよ。視線に落ち着きがなくなるし、こっちが質問していないことにもこたえる。訴訟の本人尋問とかでよく見かけるな」

青年が口を開きかけるのを、ただね、と渡邉さんはさえぎってつづけた。

「沈黙は金、雄弁は銀。だけど嘘も百回いえば真実になる。……君みたいな人間は嫌いじゃないよ。根拠がなければ、ただの感情論だ。論理性も合理性もない。薄っぺらい同情心や正義感をふりかざせばなんとかなると思っている高校生や、大事なものを簡単に手放そうとする子供よりは遥《はる》かに好感が持てる」

ハルタは悔しそうに拳《こぶし》をかためてうつむいている。少女は途方に暮れ、わたしもどうすればいいのかわからなかった。

「な、なにをいっているのかわからないな。とにかく僕はもう行きますよ」

青年はリードの鎖を握りしめ、マスティフを強引に連れて行こうとする。ハルタが一瞬動きかけた。しかし腕時計に目が落ちると、力なく「くそっ……」とつぶやいて頭を垂らした。もうこれ以上、少女にかまってあげられないし、練習に間に合わなくなる。

ハルタ……

やれやれ、と渡邉さんが吐息を小さくついて、後ろを向いた青年の肩に腕を伸ばそうとしたときだった。

「胸を張れ。顔を上げろ。まだだ。諦《あきら》めるな」

練習で聞き覚えのある声、励ましてくれる声に、わたしもハルタもふり向く。野次馬の間からあらわれたのは、正装姿の草壁先生だった。

5

時刻はまもなく十二時半になろうとしていた。

草壁先生は真っ白なシャツに赤の無地ネクタイをしめて、ダークスーツの上着を片手に抱えて立っていた。黒縁眼鏡の奥にある眼差《まなざ》しが、申し訳なさそうに揺れている。

「先生っ」

わたしは叫び、抱きつく勢いで走り寄った。ハルタが安堵《あんど》の息をもらしている。

「……もう楽器の搬送トラックが到着する時間だ。一緒に戻ろう」

草壁先生の顔に、普段は見ない疲労があった。渡邉さんが無遠慮に近づいてくる。すれ違いざま、唇がわずかに動いた。

「よく表舞台に顔を出せるな」

かすかにそんな声が聞こえた気がした。草壁先生は表情を崩さずにまぶたを閉じ、視線を少女がいる方向に投じる。

「やり取りはずっと見させてもらったよ。きみは大切な犬を手放すつもりかい？」

少女は首を横にふった。見開かれた目に、手放したくはないと、さっきまではなかった強い意思表示があった。それを確認した草壁先生は、警戒している青年のほうに顔を向ける。彼はすこし身構えていた。

「上条くんがこのマスティフを公園につないでホールを往復する間、確かに君は何度か近づいて首輪に手を触れていた。僕が目撃者だ。時間があれば友人と共謀して、シマタという架空の知人を強引につくり出す準備だってできる。その場で盗んでいかなかったのが、君の良心だと思う」

「い、いいがかりだ」青年は憮然《ぶぜん》と声を震わせた。「だいたいなんです？　先生と生徒でしょ？　身内でかばい合っているだけじゃないですか」

「ここで君と水掛け論をしてもしようがない。犬鑑札があれば、このマスティフがだれのものかはっきりする。そう思わないか？」

「――なに？」

「マスティフの首輪には〈PIE SIMATA〉と刻印されている。不思議な刻印だ。ローマ字綴りなのか英語綴りなのかわからないし、どちらかに統一することもできない。君のようにこじつけて読んでしまうと苦しい解釈になる」

「こじつけって……。じゃあ、どう読めばいいんです？」

「すくなくともローマ字綴りじゃない」草壁先生が静かに返す。

「だったら英語綴りとでも？」

「いや。英語綴りでもないんだ」

青年は混乱していた。わたしもだった。〈PIE SIMATA〉という文字がローマ字綴りでも英語綴りでもなければ、いったいどう読めばいいんだろう？

「可能性で残るのはあとひとつ。図形だ。文字の形をした図形だよ」

草壁先生はいい、少女と向き直って屈《かが》み込んだ。ふたりの目の高さが同じになる。

「このマスティフの名前を教えてくれないかな」

「え……」

「マスティフの名前。お母さんはなんて呼んで可愛がっていたんだい？」

「……アル。アルっていうの。私もアルが好き。でも、私にくれる前に、急に名前を変えちゃったの」

「それはどういうこと？」

「……難しくて呼びにくい名前になっちゃったの。そうしないと私が家で飼えないって。アルの名前で呼ぶと、お父さんとお祖母《ばあ》ちゃんの迷惑になるって……」

草壁先生は痛ましげに眼鏡の奥の目を細めた。わたしとハルタは顔を見合わせる。気軽に犬の元の名前が呼べない、そんな犬の存在を消してしまうような、こそこそ隠れて飼う境遇が想像できない。少女の母親が家で置かれた立場がわからなかった。

「もしかしてお母さんから、マスティフと一緒に本も貰《もら》ったんじゃないのかな。ルイス・キャロルが書いた物語だ」

草壁先生がいうと、少女が大きくうなずいた。

「それはどっちのアリス？」

「不思議の国じゃないほう。鏡の国、鏡の国……」

「それは、いまも大切にしているの？」

「捨ててない。捨てないよ」

「……難しくて呼びにくい犬の名前か。いくつか候補があるな。じゃあいまから僕が順番に呼んでいくから、当たったら教えてほしい」

少女ははっとした。「わかるの？」

「たぶんね。きみの母親ならたぶん、大事なマスティフにこんな名前を託す」草壁先生は暗唱するようにつぶやいていった。「ハンプティ・ダンプティ、ジャバウォック、トゥィードルダム、トゥィードルディー――」

少女が目を見張る。「二番目のジャバウォック……」

「お母さんとは、もう自由に会えないんだね？」

少女の顔がまた、悲しげにゆがんだ。「どこにいるのかわからない。電話もできないよお」

「きみの犬だ」草壁先生は立ち上がった。「このマスティフにはすでに犬鑑札がついている。しかも特別な方法でね。『鏡の国のアリス』に出てきた〝ジャバウォックの詩〟。きみならわかるだろう?」

少女がうなずき、ハルタもなにかに気づいた様子ではっと顔を上げた。

わたしは『不思議の国のアリス』しか読んだことがない。時計を持ったウサギくらいしか覚えていないし、他にもアリスを主人公にした物語があったなんて知らなかった。

「――チカちゃん、鏡持っている?」

わたしは制服のポケットから携帯用の小さな手鏡を取り出す。手鏡がわたしからハルタ、ハルタから少女に渡り、少女はマスティフに向かって走り出した。少女は首輪の文字を手鏡に映す。みんなで集まって眺めた。息を吞《の》む中、頭上で草壁先生の声が響いた。

「首輪の文字の〈PIE SIMATA〉を鏡に映すと謎が解ける。〈PIE〉は反転すると〈314〉に見える。しかしこれは南京錠を外すためだけのものじゃない。

・PIE → 314

・S → 2

・IMATA → ATAMI

〈PIE SIMATA〉を鏡に映すと、鏡文字で〈ATAMI 2314〉――〈熱海２３１４〉に変わる。これが隠された犬鑑札だ。母親はきみにしか伝えられない方法で犬鑑札をマスティフに残した。犬鑑札を残したからには、保健所に登録している住所は変えていない。登録は抹消しない限りずっと残る。マスティフという財産とともに、母親がきみに残してくれた大切な道しるべなんだ」

「熱海2314……」少女はくり返した。

「そう。覚えておくといい。いつかきみが思春期を迎えて、母親の力を借りたくなったときにその意味がわかる。マスティフと一緒におとずれるといい」

少女は何度も何度も「熱海2314」という言葉を胸の中に封じ込めるように反芻《はんすう》して、マスティフをつなぐリードの鎖をかたく握りしめた。今度は離さなかった。

わたしとハルタの目が疑わしげに青年のほうに移った。唖然《あぜん》とこちらを眺めていた。凍りついたように動かない。渡邉さんが青年の肩を叩《たた》くと、彼は我に返った顔をした。

渡邉さんはワイシャツの胸ポケットから、青年の連絡先が書かれたメモ用紙を取り出して押しつける。

「どうせすぐにつながらなくなる紙クズだろ？」

青年の表情はかたまったまま、渡邉さんを見つめ返している。

「子供相手に度が過ぎたな。俺みたいな悪党になるのなんかやめておけ」

耳元でささやかれた鋭利な声に、彼は悄然《しょうぜん》とうなだれ、よろよろとした足取りで去っていった。

さよならをいって、少女とマスティフを見送った。

少女は何度もふり返る。やがてリードの鎖をしっかりと携え、マスティフと一緒に駆け出していった。

「調停離婚か」

草壁先生と並んで立つ渡邉さんがぽつりと吐き捨てた。

「……あの子は父親のもとで暮らしているようだな。どんな事情があったのかはわからないが、離れ離れに暮らす母親のほうがかなり不利な条件だ」

住所も、連絡先も教えてはいけない――

そんな辛《つら》い母子の別れがあるなんて想像もつかなかった。

ジャバウォック……。母親の愛犬を父親の家で飼うためにつけた、ただの呼びにくい名前じゃなかったのだ。少女のもしものときのために、母親が考えに考え抜いた大事な名前だった。

つかの間、沈黙があった。渡邉さんの舌打ちの音が聞こえる。

「〈PIE〉という単語を鏡に映すと、数学記号πの最初の三桁《けた》〈314〉が見える。十何年も前、アメリカのマーティン・ガードナーという有名な科学ライターの記事を読んで驚いたことがあった。だが犬鑑札までは見抜けなかった」

そういって靴音を鳴らしてわたしとハルタの前に立った。自分のことを悪党とまで卑下した渡邉さんが含み笑いをする。

「結束はかたい、か」

草壁先生がわからない顔をして、わたしとハルタは縮こまる。

「約束だ。今日は見逃してやる」渡邉さんは身体を翻した。

「どこに？」草壁先生が口を開く。

「保健所への問い合わせ方くらい、教えてやったほうがいいだろ」

少女とマスティフのあとを追うために、渡邉さんもわたしたちのもとから去っていった。

「……いっちゃったね。もしかしたらいいひとかもしれない」

ハルタがつぶやき、わたしは息を吐き下ろす。陽射しの強さを思い出して手をかざした。指の隙間を通して太陽が見えた。

こうして地区大会本番直前の騒動が終わった。

わたしは草壁先生を斜めに見上げる。よく表舞台に顔を出せるな――。あのときそんな言葉を耳にした気がした。過去になにがあったのかわからない。聞くのがはばかられる雰囲気があった。

これしか能がないんだよ。だからしがみついている――今年の春、草壁先生が口にした言葉が切ない響きを伴ってよみがえる。

やがて目を伏せた草壁先生の唇が動いた。

「僕のことについて、あの記者からなにか聞いたかい？」

わたしもハルタも首を横にふる。短い躊躇《ちゅうちょ》のあと、草壁先生の顔に決心したような表情が浮かび、口を開こうとした。

それをハルタがばっさりと断ち切った。

「みんな、先生を待っていたんです」

そうだ。みんなはもう、楽器を移動させている頃だ。わたしとハルタが戻らなくて、きっと心配を通り越して怒りまくっている。命令口調で、昼ご飯は三十秒以内に食べろと無茶苦茶なことをいってくるに違いない。

一時からの合奏練習。藤が咲高校の堺先生がくれたチャンスは、草壁先生がいないとはじまらない。吹奏楽部の夏はこれからなのだ。最初の一歩を踏み出すために深呼吸をする。

「早く、早く」

遠くの芝生でわたしたちを捜す芹澤さんの姿が見えたので、草壁先生の腕を強く引っ張って手をふった。

ヴァナキュラー・モダニズム

平穏な日常ってどこにある？

それは小さな我慢の積み重ねのうえに、はじめておとずれるものだと俺は信じている。


物心ついた頃から、あいつは堪《こら》え性がなかった。

四人兄弟の末っ子で甘やかされたせいか、わがままに育って、しつけも身につかず、何事も思い通りにならないと癇癪《かんしゃく》を起こした。貯金箱を与えても満足に貯めたためしもない。問題を起こす度に学校に呼ばれた両親は、ある日ぷっつり糸が切れたようにあれだけ執着していたあいつを見放して、上の兄弟たちに愛情を注ぐようになった。そうして面倒なお守りが俺にまわることになったわけだ。

幼稚園で駄目な子は、小学校に上がっても駄目で、中学校でも高校でも駄目なまま直らない。

そんな母親の暴言に、反発する気持ちが俺にはあった。

次第に邪魔者扱いされていくあいつのわがままに付き合ったし、いいところを見つけて褒めてあげたし、ときには手を上げてきつく叱ったりもした。家を飛び出したあいつを捜したことなんて、何度あったかわからない。冬でも、真夜中でも……我ながら辛抱強かったと思うんだ。

だがな。もう限界なんだ。

死に別れた女房の仏壇をめちゃくちゃにして、俺の財布から金を盗《と》ったとき、あいつだけは許さないと心に決めた。あいつも俺の怒りをわかっているようで、距離を置くようになった。何日も、何ヵ月も。

俺の膠着《こうちゃく》状態を変えたのはテレビで観たあるニュースだった。きらきらと白銅色に輝く桐の花……。食い入るようにブラウン管を見つめた。ふと壮大な計画を思いついたのだ。

俺は一世一代の最後の大仕事をする気になった。これが成功したあかつきにはどうやってあいつに渡そうか？　タイミングとしては俺が死ぬ間際がいいだろうな。どうやって教えようか？　苦労させられたし、これからも苦労するんだろうから、ちょっといじわるしてもいいか。

俺の手本を、あいつはどう受けとめてくれるだろう。いまから笑いがとまらない。

……そうか。くやしいが、こんなことを考えてしまうこと自体、俺はあいつのことがかわいくてたまらないみたいだ。

これから新たにおとずれる小さな我慢の日々が、俺とあいつの間になにをもたらしてくれるかはわからない。だが、これだけははっきりといえる。

楽しみだ。生きる希望が湧いた。

1

カレンダーの日付は八月四日。

校舎の窓から顔を出して見上げると、南の水平線の上に巨大な入道雲が真白くそびえ立っている。わたしの学校は海沿いにあって、青々と晴れ渡った空の下では縄張りを争うようにトンビとカラスの群れが喧嘩《けんか》していた。もちろんカラスのほうが劣勢だ。だけどなかなか粘り強いというか、ここは退けないというか……諦《あきら》めようとしない。野生の世界って大変なのね。

ガガガガ、と学校の壁にドリルで穴を開ける音が響く。

キュィィィン、メキメキ、ドスン、ガシャン。

学校の掲示板にあった耐震補強工事だった。夏休みがはじまる前まではこそこそやっていたけど、夏休みに入った途端に作業員を大量投入して一気にすすめようとしている。外壁を剝《は》がして補強材やら金具を取り付けているところを見ると、内壁との間に空間があることがわかる。校舎の四階の音楽室にネズミの親子が出た理由がよくわかった。あの生き物の身体能力はすごいのだ。わたしの背の高さくらい平気でジャンプして、その場にいたみんなが腰を抜かした。

ここ数日、手の空いた若い作業員が音楽室をのぞいたり、仕事の手を休めて校舎から響く演奏を聴き入るようになっていた。どうやらハルタと仲がいいようだった。どうやって彼らに取り入ったのかはわからない。昨日なんてアイスとジュースと、なぜか米と缶詰の差し入れがあった。

いっ、せーの。

午前練を早めに終えて昼ご飯を食べたわたしたちは、急いで歯を磨き、せっせと楽器を体育館に運んでいた。とくに重くて大きい打楽器は毛布でくるんで慎重に運んでいく。

――え？　地区大会の結果？

結果発表があったのは、あの日の夜になってからだ。緊張した面持ちで賞状を受け取る片桐部長の姿が印象的だった。

そう。わたしたちの夏は地区大会で終わらなかったの。

とはいえ、地区大会から県大会までは一週間しかない。

四日後に迫った本番に向けて、体力的にも精神的にも辛《つら》い酷暑の中、連日の練習に励んでいる。

演奏する曲はチャイコフスキーの「交響曲第六番　悲愴《ひそう》　第一楽章」だ。ちょっとかたい感じのイメージがあるし、音楽をかじったことがあるひとなら、B部門での選曲に首を傾げるかもしれない。悲しい現実、そして夢想……ともすると暗く絶望的な響きを伴うこの楽曲を、顧問の草壁先生が大胆に編曲した。わかりやすくいえば、ぜんぜん陰鬱《いんうつ》で悲愴な感じがしない。かといって強烈でも粗暴でも品がよいわけでもなく、高校生ならではの不思議な若さを持つアレンジだった。おかげで地区大会では息を合わせて力強く演奏することができた。あとで聞いてみると、「悲愴」の原題は「pateticheskaya（パテティーチェスカヤ）」というロシア語で、ひとの心を動かす情熱や感情をあらわす単語だという。草壁先生らしいし、もしかしたら邦題は「フランダースの犬」好きの国民性を反映しているのかもしれない。

万年予選落ちだった高校が県大会にコマを進められたのは、地区大会の出場校二十六校のうち十校が金賞を獲《と》ったという事実もあるけれど——それでも大変なの——アレンジのインパクトと、一部のメンバーの高い技術力に支えられたところが大きかった。一部のメンバーとは、経験者のハルタや成島さんやマレン、そして今年新しく仲間に加わった後藤さんやカイユのことだ。

でもここから先は、それだけじゃ駄目なのだ。熟練度の差がありすぎると全体的なサウンドのバランスが取れなくなり、わたしみたいな高校から吹奏楽をはじめたメンバーの地力が必要になってくる。他校では高校からユーフォニアムをはじめて、大会でソロ演奏をしている生徒だっている。

え？　わたしのフルートは上達したかだって？

他校に潜入したり、東北に強制連行されたり、新聞に載ったり、地区大会の本番直前に犬と戯れたり、全力で遠まわりしすぎだという指摘はもっともだ。でもね、全力で走りすぎれば、ついうっかり道を間違えたりすることだってあるでしょ？　あるある。目指すゴールは変わらないんだし、一度だって見失ったことはないんだから、確率変動式大器晩成型とでもいっておこう。高校生活は三年しかないけど、まあ任しておいて。わたしの一日は小学生が感じる並みに長いんだから。

そんなわけで地区大会の反省点と県大会への課題が整理できたので、わたしたちは時間の許す限り調整を繰り返す日々を送っていた。

楽器を体育館のステージに運び終えたわたしたちは、パイプ椅子と譜面台をせっせと手早く並べた。少人数編成だから位置取りはそれほど苦労しない。県大会までの数日間、正午から午後三時までの間、体育館のステージが使えるようになったのだ。体育館を常時利用しているバスケ部やバレー部との交渉は難航したけど、地区大会の健闘を認めてもらい、なんとか折れてくれた。ただし毎日使えるわけじゃなく、日程はバラバラ。それでも県大会の前日と前々日に借りられることはありがたかった。

学校には空調設備がない。だから真夏は音楽室の窓を開放して練習をするけど、校舎の四階ということもあって音が散りやすい。パート練習ならまだしも、全体練習ではまとまって聞こえづらい。それでいて校舎の建築時に防音対策をケチったせいか、暑いのを我慢して音楽室の窓を閉め切ると、今度は音の反射がすごい。わがままはいえない立場だけど、体育館のステージでの練習は本番を見すえてやりやすいのだ。

草壁先生のワイシャツは、わたしたちのためにいつも汗びっしょりだった。

（――五年前、クラシック界の時代の寵児《ちょうじ》とまでいわれた人物だ。輝かしいキャリアを全部捨てたはずの草壁信二郎が、無名の地方高校の吹奏楽部顧問として再び表舞台に立とうとしている）

地区大会で会った渡邉さんの言葉がよみがえる。

来年はA部門に出場して、全国大会を目指す姿でいたい。吹奏楽の醍醐味《だいごみ》でもある大編成部門で、上の大会のステージに立ちたい。勝ち目のないことほど奮い立つし、難しそうなことほどやる気が出てくる。

そんなわたしの無謀な願いを理解してくれるのがハルタだった。わたしをいまだチカちゃん呼ばわりするハルタとは六歳まで家が隣同士で、高校で再会した幼なじみだ。ハルタの家庭事情はすこし特殊で、自分の部屋代わりに築三十年、家賃一万二千円のボロアパートを借りて、家族と離れてひとり暮らしをしている。

夏休みの練習は六時の朝練からはじまる。一日八時間、プラス自主練。廃部寸前からスタートして、先輩後輩の上下関係と厳しい規律がなかったわたしたちに、過度のオーバートレーニングは次第に負担になっていく。

正直みんな、地区大会がはじまる前から根を詰めすぎていて、いつ気がゆるんでもおかしくない状況だった。本当は他にもやりたいことはいっぱいあるし、街や海へ遊びにも行きたい。でも大きく掲げた目標を叶《かな》えるために、みんなですこしずつ我慢を出し合っていた。汗が床に落ちる度にそれを実感する。

そんな中、意外な人物が学校をおとずれた。

彼女は名前の通り、炎暑にそよぐ風のようにあらわれたのだった。

2

体育館の一階はわたしたち以外にいなくて、二階の道場から柔道部の掛け声がかすかに聞こえてくる。みんなはステージの上で各々音出しをしていた。

「悪い、待たせたね」

草壁先生が職員室から戻ってきて今日はなにもいわずに指揮棒を振りあげる。みんなの間に緊張が走って、姿勢を正し、いっせいに息を吸い込む。

本番を見すえた全体練習がはじまった。体育館の空気が急に変わる感じだ。わたしたちが演奏する「悲愴」は相対的に音量を絞ってはじまる。オーケストラの場合、五線譜記号で「p（ピアノ）」と略される弱記号が極端に「pppppp」と並ぶくらい小さい。はじめは片桐部長のトランペットを控えめに演奏させているので、マレンのアルトサックスが浮き上がる構図だ。高音は木管——マレンのアルトサックス、中低音は金管——ハルタのホルンと後藤さんのバストロンボーンが率先して支え、カイユが正確に刻むティンパニがみんなの心臓部となり、成島さんが肉声に近いオーボエの主旋律を前面に出す。

わたしは頑張ってフルートでついていく。本当ならオーボエ、フルート、クラリネットの木管三重奏が艶《つや》のあるサウンドをブレンドさせなければならないアレンジ楽曲だと思う。成島さんの音に負けないクラリネット奏者……。吹奏楽部の入部を断った芹澤さんのことを思い出してしまう。

フルートは立奏、立ちっぱなしの演奏だ。中学時代にバレーボール部で鍛えたわたしはひたすら体力任せで演奏してきたけど、ここ最近は余計な力の入らないロングトーン、スケール、タンギングができるようになっていた。かといってそれで巧《うま》くなったわけではなく、ミスは減らない。でもそこからの回復を重視していた。

譜面を表面的に捉《とら》えるのはもうやめていた。いまのわたしに必要なのは表現力、イメージだ。——私はいま喜びでいっぱいだ。私は自分がまだまだ働けることを知ってとてもうれしい。このうれしさは君には想像もつかないだろうね——。チャイコフスキーが「悲愴」の作曲中に甥《おい》に宛てた手紙の内容を草壁先生に教えてもらった。ここはひとつ、うれしさいっぱい夢いっぱいでわたしも吹こう。

音のミスがあれば草壁先生と目が合う。草壁先生は、みんなが毎日書き込んでいる楽譜を完全に把握している。怯《ひる》んじゃ駄目だった。ためらうことで、すきま風が吹くような、音が溶け合わない部分をつくってはいけない。観客や審査員が聴いているのは、ミスも含めて、ひとつの連続した演奏だという堺先生のアドバイスを忘れなかった。

ブホッ。

演奏半ばで豚の断末魔のような音がした。なに？　いまの？　草壁先生が一瞬驚く表情をするが、演奏を中断せずに指揮棒を振りつづける。先生の目が一点に固定していた。成島さんの顔もわずかに横を向いている。わたしも運指に集中しながら、その視線の先をちらっと追う。他にも犯人捜しをする目がきょろきょろ動いていた。

ホルンの倍音を派手に外したのはハルタだった。

彼が全体練習で大きなミスをするところなんてはじめて見た。吹奏楽部ではマレンと並ぶ演奏技術の持ち主で、完全に暗譜している。その彼が明らかに動揺していた。しかも情けないほど萎縮《いしゅく》して、音のミスを連発して涙目になっていた。草壁先生はハルタに強い視線を返すが、指揮棒を振るのをやめない。最後まで通すつもりだ。

演奏の後半、低音で苦労するわたしはふと気づいた。草壁先生の後ろ、はるか後方の体育館の入口の扉に、見慣れない大人の女性が寄りかかって立っていた。小顔で八頭身、品のいいスカートのスーツ姿で浅く腕組みしている。いつからいたのだろう？

彼女は微動だにせず、わたしたちの演奏を聴いていた。

ブホッ。

やがて七分の演奏時間が終了し、指揮棒を下ろした草壁先生も後ろの気配に気づいた様子でふり返る。

彼女は軽く会釈して、体育館から姿を消してしまった。くびれたウエストラインに、数すくない男子部員の目が釘付《くぎづ》けになっている。無理もない。ファッション雑誌から切り取ってきたかのような容姿は、この学校では明らかに浮いていた。

わたしはひとり首を傾げる。彼女の顔立ちは心なしか見覚えがあるものだった。意外にどこか近くで……

合奏を再開しても、ハルタはみんなのピッチを乱しまくっていた。

「上条くんは職員室にくるように」

全体練習が終わり、抵抗するハルタの両脇を片桐部長とカイユががっしり抱えた。まるで捕獲された宇宙人のように、つまさきを地面にこすりつけながらハルタが連れて行かれる。

怒っている？　やっぱり怒っているよね？　みんなの前ではなく、ふたりきりで叱るのはよほどのことだと思う。でもハルタが悪い。

わたしはパイプ椅子を畳む成島さんにそっとたずねてみる。

「演奏中、入口にワインレッドのスーツを着た女性がいたよね？　だれかの知り合い？」

「ああ、ボルドーのスーツが似合ってた女性のこと？」

なるほど。ワインレッドはボルドーというのか。おしゃれ言葉発見。以前、口紅のことをルージュといったら、さりげなくリップと訂正してくれたこともあった。

「美人だったね」成島さんが棒読みするようにいった。「本当に美人」あまり関心がないようだ。

「もしかしたら、先生のことを調べようとしている記者かな」

畳んだパイプ椅子を両手で持つマレンが小声でいい、わたしは地区大会で会った渡邉さんのことを思い出す。苦手な大人だ。あのひととはコンクールを通じて、また会いそうな予感がする。

「それより上条くん、途中から使いものにならなくなっちゃったね。あれだけ音を外すなら、体育館から出て行けばよかったのに」

成島さんはときどきこういう辛辣《しんらつ》ないい方をさらっとする。わたしは首を縦とも横ともつかず動かした。どうも腑《ふ》に落ちない。

バスケ部がこれ見よがしに準備運動をはじめたので片付けを急いだ。いつもながら女子ばかりの部員構成で打楽器を校舎の四階まで運ぶのはためらうが、すぐに片桐部長とカイユが戻ってきたのでほっとする。「ハルタは？」と聞くと、気の毒そうに首を横にふったので、それ以上聞くのはやめた。

音楽室は合唱部が使っているので、みんなで手分けして音楽準備室に運んだ。荷物や貴重品を置いてある部室に戻ったとき、時計の針は午後三時四十分を指していた。

八時間の練習を終えて、あとは自主練だった。帰るのも自由だ。

後藤さんたち一年生は荷物を持ち、練習場所を求めて近くの公園に行った。この時期は校舎にずっと居残って練習したいけど、なかなかそうはいかない現実がある。昨日は夜の九時まで校舎に居残って、他の先生から注意を受けた。だからみんな気を遣っている。

大学受験を控えた片桐部長と、両親と約束がある成島さんは今日は帰った。他の部員もひとりふたりと練習場所を探すか帰っていく。

部室に残ったのはマレンとカイユとわたしの三人だった。

ハルタの荷物を見る。みんなで待とうか、と思った。

かれこれ一時間、三人で譜読みしながら、全体練習の録音テープをくり返し聴いて待っていた。

外はまだ明るい。どうする？　とマレンと話していると、突然部室のドアが開いた。疲れた表情のハルタだった。

「……もしかしてぼくを待ってたの？」

目を潤ませるハルタの背中を、「邪魔だ」と蹴《け》る人物がいた。ハルタが床に這《は》いつくばり、カッとピンヒールの音とともに、さっきの女性が部室に入ってきた。かすかだけど、いい匂いが部室内に充満する。

二重のはっきりしたまぶた、すっと通った鼻筋、ボルドーの半袖《はんそで》スーツから白い肌の腕が伸びていて、Aラインスカートがよく似合っている。艶やかな長い髪はひとつに結び、美人モデルの手本のような容姿だ。

彼女を真正面から見て、やっぱり初対面でない気がした。遺伝子レベルで似た人物を、わたしは知っている。自然とハルタに目が向いた。

「ハルタ、この方は……」

「姉さん」と起き上がるハルタ。

「お姉さん？」マレンもカイユも驚く。

お姉さんはため息をつき、面倒臭そうにバッグからアルミのカードケースを取り出すと、みんなに名刺を配りはじめた。名刺の表には〈篠田建築事務所　一級建築士　上条南風〉と印刷されている。

「みなみ……さんですか？」カイユが名刺から顔を上げた。

「……ほう」とお姉さん。口調に男勝りなところがある。

「『南風』は夏の季語で『みなみ』と読みますから」

カイユが遠慮がちにいうと、お姉さんは感心するようにひとつうなずいた。

「古典は得意なのか？」

「いえ。僕、留年してるんです。ヨネ婆ちゃんに教えてもらったことがあるんです」

「お祖母《ばあ》ちゃんっ子か？　いまどきめずらしいな。名前は？」

「檜山界雄です。自然界の界に、雄雌の雄と書きます」

「世界の界に、英雄の雄か。……どんな世界に飛び込んでいっても、なにかを成し遂げられそうないい名前だ」

照れたカイユが顔を赤らめ、ふたりは握手した。

「あの。香水はローズウォーターですか」

今度はマレンが割って入った。

「……むう、若いのに詳しいな」とお姉さん。

「母が詳しいんです。香水は人格をもつくり出す力を持つっていっていましたから」

お姉さんが目を細めてうなずく。「名前は？」

「マレン・セイです。マレンと呼んでください。両親がアメリカ人で僕は養子なんです」

「……セイが名前だろう？」

「そうです。よくわかりましたね」

「郷に入っては郷に従えというやつか。しかしセイという名前はアメリカでもアジアでもいい響きをもつ名前だ。素晴らしい両親に出逢《であ》えたんだな」

マレンも照れくさそうに微笑み、ふたりの間に握手が交わされた。

待て待て待てーい。あんたたちは超高校生か。しかも妙な流れだ。わたしにもなにかいえっていうのか？　お姉さんの興味をひかなければ、自己紹介させてもらえないっていうのか？

「どど、どうして高校生のわたしたちに名刺を配ってくれるんですか？」

いってやった。いってやったぞ。そういえば地区大会のとき、渡邉さんもわたしにいきなり名刺を渡してきた。大人の世界ってそうなの？

「あら、チカちゃん。久しぶり」

お姉さんは花も咲きほころぶようなあでやかな笑顔を浮かべた。

「……覚えていてくれたんですね」

わたしは安堵《あんど》して涙ぐみそうになる。

ハルタのお姉さん。わたしがまだハルタと同じ幼稚園に通っていた頃、ときどき遊んでもらったり、お菓子を買ってもらった記憶がある。当時お姉さんは高校生だった。聞いた話だと、いまは都内でひとり暮らしをしているはずだ。

「十年ぶりか。見違えたな」丸めた人差し指の背中を唇に当てて、くすくすと目もとで笑うお姉さん。「……つぐみと冬菜《ふゆな》は、チカちゃんの家に挨拶《あいさつ》をしにいったそうだな」

わたしは首を縦にぶんぶん振る。

「他にもお姉さんがいるの？」

カイユが耳元でささやいてきて、わたしはうなずき返す。いるんですよ。ハルタには歳の離れた三人の姉が。長女が南風、次女がつぐみ、三女が冬菜。幼稚園の年長だったハルタが川に突き落とされたり、髪を「子連れ狼」の大五郎みたく切られたり、嘘を教えられて交番に行ったり、挙げ句の果てには無理やり麻雀《マージャン》のメンバーに入れられて泣いていたこともある。彼の人格形成に複雑な影響を及ぼした姉たちだ。ようは、強烈な個性を持つ姉たちのおかげでハルタは女性に失望している。

ただ、ハルタの面倒を見てきたのも姉たちだった。ハルタの父親は全国各地をまわる仕事をしている。当然、引っ越しも多く、足が悪い父親に母親は付き添う形で同行しているため、実家にはほとんど両親がいない。

「そういえば名刺の話だったな」

お姉さんはすこし考える間をおいて、名刺についてわかりやすく説明してくれた。

「そうだな……絵の具と同じと思ってくれ。初対面の私はお前たちにとって白いキャンバスかもしれないし灰色かもしれないだろう？　イメージを社会的に描くことができるツール、そう捉《とら》えてくれれば充分だ」

「へえ」とわたし。

「顧問の草壁先生も持ってたぞ。教員にしてはめずらしいな」

なんとなくわかる気がした。まだ吹奏楽部の部員が十人に満たない時期だった。草壁先生は昔かかわっていた楽団員たちのコネクションを活《い》かして、校外へ積極的に出てさまざまな団体や学校とジョイントしながら演奏できる機会をつくってくれた。そのときに必要だったのかもしれない。

……ん？　ちょっと待てよ。

「草壁先生と会ったんですか？」

「ああ。春太が世話になっているから挨拶に行った」

ハルタに目を移す。いつもは饒舌《じょうぜつ》なのに、さっきからひと言も喋《しゃべ》らず、椅子に腰掛けて青ざめた顔でぶるぶる震えている。そんなに苦手なのか。

わたしはお姉さんに聞いてみた。

「それで今日は、どういった用件でこちらへ？」

「ああ……。吹奏楽に興味があってね。春太がいる環境をすこし見せてもらおうと思ったんだ」

なんか変だぞ。お姉さんのいっていることはなんか不自然だ。ユーカリの葉を大切に分け合っているコアラの群れに、ライオンが突然やってきて、「木の登り方に興味があるから、ここでお前たちを見させてほしい」というくらいに不自然だ。

「あの。本当に興味があるんですか？」

いっちゃった。

「まあ、この高校の吹奏楽部がどれくらいのレベルなのか、私は音楽に疎いから正直わからない。先ほど聴かせてもらった限りでは、編成がすくない割には遠くまでまとまって聞こえてきたが」

お姉さんは窓外に目線を投じながら、つぶやくようにつづける。

「で、春太には脈があるのか？」

うなだれているハルタを指し、今度はさっきよりはっきりとした声でお姉さんはつづけた。

「ぶっちゃけ、春太に音楽の才能があると思うか？」

わたしたち三人は顔を見合わせた。いきなりそんなことをいわれても困ってしまう。確かにハルタはホルンの演奏が巧《うま》いけど、それと才能があるかどうかは別の気がした。

「……あると思います」マレンが控えめな口調でこたえた。「なにをもって音楽の才能を指し示すのか、僕にはまだはっきりわかりませんが、音楽をつづけられる才能はあると思います」

「自分の能力に対して鈍感だということか?」お姉さんが低い声を返す。

「そうです。いい意味で捉えてください」

「なるほど。確かにそれは大切なことだな。そもそも高校生の部活で才能は必ずしも必要じゃない。まったく、姉弟《きょうだい》揃ってどうかしているな」お姉さんはふうと息をひとつ吐いていった。「……実は昨日、春太から資金援助の連絡があったんだよ。アパートを引っ越したいというんだ」

え。わたしは驚いた。

「引っ越しするの? いつ?」

思わずハルタに詰め寄ってしまう。県大会まであと四日だ。この時期に、そんな大切なことを決めてしまうなんて、慌ただしいというかどうかしている。それに、わたしに黙っているなんて……

ここから先はお前が説明しろとばかりに、お姉さんがハルタを睨《にら》みつけた。ハルタはごくりと喉《のど》を震わせたあと、自分の荷物からコンパクトタイプの双眼鏡を取り出す。今年の春、学校の屋上で使っていたものだった。

いったいなにがはじまるんだろう。

ハルタが部室の窓際まで歩いて手招きする。近づくと双眼鏡を手渡された。ハルタが指さす方向に双眼鏡の視界を合わせると、運動部の部室棟が見えた。そこじゃない、もうすこし右、といわれて、方向を直して倍率を上げていく。旧校舎の裏庭が見えた。ひっそりと茂みにカモフラージュされて、ロビンソン漂流記みたいな生活の跡がある。テントが張られ、飯盒《はんごう》炊さんをするためのコンクリートブロックがあり、木の枝に渡したロープに洗濯物が干されていた。生物部が飼っているニワトリまで繋《つな》がれている。

だれかが夏休みの校舎に侵入して住んでいる……？　やだ。うそ。

「実はもうすでにアパートを追い出されて、あそこに住んでいるんだ」

ハルタの告白に、わたしの腰が砕けそうになった。

「この吹奏楽部の恥さらしが」

わたしはハルタの胸元をつかんで激しく揺さぶった。がくがくと茎が折れたひまわりみたいにハルタの頭が前後に揺れ、窓際で双眼鏡をのぞくカイユがぶはははっと大笑いしている。

「チカちゃん、これには事情が――」

「爆弾持ってこい。テントごと吹っ飛ばして、わたしもあんたと死ぬ」

「穂村さん、落ち着いて」

マレンに羽交い締めにされ、わたしは乱れた呼気を鎮める。そういうことだったのか。

だから校舎の工事中の作業員と仲がよかったのか。そりゃあ仲がよくなるわけだ。米や缶詰の差し入れを持ってくるなんておかしいと思っていた。

お姉さんに正座させられたハルタが、ぽつりぽつりと状況を語ってくれた。

彼が住んでいる築三十年、家賃一万二千円のボロアパートが、大家の都合で取り壊されたという。このことは事前に賃貸していた住民には充分な説明がされていて、ハルタ以外の住民は退去したが、彼だけ取り壊し当日まで居座って住居を失った。地区大会三日前の出来事だ。生活が荒《すさ》みきって、チベタン・マスティフに色気を出した理由がわかった。

「……草壁先生はこのウルトラ珍事を知っているのですか?」

双眼鏡を下ろしたカイユが笑いを押し殺してたずね、お姉さんが腕組みしてこたえる。

「さっき職員室で教えた。なんというか想定外な生徒の不始末があると、驚愕《きょうがく》を超えて、味のある顔をするものだな。いまは保健室ですこし休んでいる」

心の底から草壁先生に同情した。

「ああ、そうか」それまで考え事をするように顎《あご》に拳《こぶし》を軽くあてていたマレンが急に声をあげた。「今日は派手なミスをしたけど、ここ数日の上条くんの上達ぶりを不思議に思っていたんだ。いったいどこで差をつけているんだろうって」

「毎日合宿をしているようなものだからな。合理的にふたつの問題を解決してしまったところは、春太らしいといえば春太らしいが」

お姉さんが冷静に分析する。え？　そうなの？　だったらわたしもテントで一緒に暮らしたい。お風呂もプールで我慢する。

ハルタは正座したまま頭《こうべ》を垂れていた。深く反省している様子だった。すこしだけ彼の気持ちがわかった。わたしたちはいま、県大会に向けて一丸となって練習をしている。地区大会でさえ部員不足で出場できなかった吹奏楽部が、県大会を突破して東海大会の出場に挑戦しようとしているのだ。結果を残せば、高校で吹奏楽をやめてしまった生徒も入部を考え直してくれるかもしれないし、来年は新入部員がたくさん入って、全国大会につながるA部門にエントリーできるかもしれない。ハルタ自身、引っ越しに時間を取られる余裕などなかった。

いやいや待て待て。だから学校で青空テント生活なんて、やっぱりよくない。

「どうして実家に帰らないの？」マレンが素朴な質問をした。

「あ、そうか」

当たり前すぎる解決策に、カイユもいまさらながら気づいたようだ。

ハルタがばつの悪そうな顔をして黙り込む。たんに帰りたくないだけとは、まさかいえないだろう。張本人のひとりであるお姉さんを見た。他人事《ひとごと》のようにそっぽを向いていた。

実家にはイラストレーターのつぐみと、整体師の冬菜がいる。

長女が自立したとはいえ、ハルタにとって脅威の次女と三女がまだ住んでいるのだ。噂では月の酒代が十万円を超えるという。わたしとしても、ハルタにはなんとしてでも実家を離れてもらい、まともに女性を好きになって、わたしが片想いをしている草壁先生をすっぱり諦《あきら》めてもらいたかった。

お姉さんがため息をついて近づいてくる。

「資金援助の話に戻るぞ。半年ぶりの連絡がこのざまだ。まぁ春太のことだから、ぎりぎりまで自分の力でなんとかなるよう、出来うる限りの努力はしたんだろう」

一方でわたしは爪を甘噛《あまが》みしながら頭の中で状況を整理していた。確かハルタは実家から最低限の仕送りと、家賃の半分を負担してもらっていたはずだ。それだけでは足りないので月に数回、不定期で近所の小学生の家庭教師をしている。家賃が安いアパートだからなんとかなっていたが、最近はコンクールに向けた練習でバイトどころではない。

「そこに免じて、つぐみと冬菜と相談した結果、金を出し合って援助することに決めた。出来の悪い弟ひとりくらい養う稼ぎはある」

お姉さんの菩薩《ぼさつ》様のような言葉に、「え……」とハルタが顔を上げる。

「一番大きいのは体裁の問題だ。まったく、こっちは忙しいのに、会社の有休を使ってわざわざきてやったんだ。今日中に不動産屋をまわって部屋を決めるぞ。草壁先生からは最優先事項として許可をもらっている」

そうか。わかった。お姉さんは今日、保証人としてやってきたのだ。

ハルタが急いで支度をはじめた。その間、お姉さんは腕時計に目を落として、難儀そうな顔をしている。わたしも部室の壁掛け時計を見た。

「時間、だいじょうぶですか？」

聞いてみた。外はまだ明るいけど、午後五時前だ。

うむ、とお姉さんが顎を引く。どうこたえるべきか悩んでいるように思えた。

「本当は午前中にくる予定だったんだが、急用ができて、物件探しのスタートとしてはかなり遅くなった。予《あらかじ》め大手不動産屋のコネやインターネットでいくつか物件は絞ってあるが、なにぶん八月だから時期が悪い」

苦労しそうな予感がした。お姉さんが煙草と携帯灰皿を取り出そうとする。校内が禁煙だということを思い出した様子で、その手を引っ込めた。

「何時に終わるかわからないから、チカちゃんたちは付き合わなくていいぞ。長話をして悪かったな」

わたしたち三人は顔を見合わせる。お姉さんのことだから、物件が見つかるまで、かなり粘りそうだ。手伝ってあげたいけど、今日はもう疲れたし、家に帰ってひと休みしたら自主練をしたい。家での自主練は、お母さんの車の中で冷房を効かせてフルートを思いっきり吹いていた。近所迷惑にならない練習方法だった。

帰ろうか。うん。

みんなの意見が一致して、荷物を取り上げる。部室の引き戸に手をかけたとき、マレンが首をまわしてお姉さんにたずねた。

「あの。もし今日中に物件が見つからなかったら、どうするんですか？」

「無理にでも実家に帰すよ。ただ草壁先生は、問題が解決するまでの数日間なら、自分の家に泊めてもいいといっていたな」

「え！」ハルタが目を輝かせ、

「いやぁ！」わたしは悲鳴をあげた。

事態を理解できないマレンとカイユがぽかんとしている。

「どうしたんだふたりとも急に……」お姉さんもすこし戸惑っていた。「お世話になっている先生とはいえ、こっちの無茶苦茶《むちゃくちゃ》な家庭の事情に巻き込むわけにはいかないしな」

わたしはハルタを押しのけ、お姉さんの手を取ってかたく握りしめた。

「そうです。先生の家に泊めてもらうなんて、断固反対です」

お姉さんがきょとんと目を瞬いていた。「……手伝ってくれるのか？」

「急に元気が湧いてきました。全力で物件を探します」

「チカちゃんみたいに面倒見がよくて、可愛い幼なじみがいて……春太は果報者だな」

お姉さんがしみじみと感心する。ハルタが片想いしているひとの家に、あなたは泊めようとしているんですよ。ぜったいないと信じたいけど、万が一、禍々《まがまが》しい事故が起きたらどうするつもりですか？　とは死んでもいえない。

脇ではハルタががっくり肩を落としている。いい返す言葉がなさすぎて、燃え尽きて灰になったボクサーみたいにうなだれていた。

「……穂村さん。僕は悪いけど、久しぶりに両親と一緒に夕食がとれそうだから先に帰るよ」

マレンが申し訳なさそうにいい、お姉さんとハンドシェイクをして帰っていった。スマートで自然な動作だ。日本人として見習いたい。

引き戸の前にはカイユが残っていた。どうしたの？　帰らないの？

「界雄か。きみまで付き合う必要はないんだぞ」お姉さんが気を遣う。

「あてはあるんですか？」

カイユがぽつりと返し、お姉さんの目が細まる。

「あてがありそうないい方だな。このへんの賃貸事情に詳しいのか？」

「僕の父親の知り合いが不動産屋を経営しているんです。小さなところですけど、うちの寺くらい古くからこの街にあって、物件の情報網は信頼できると思います」

「界雄の家はお寺なのか」

「ええ。檀家《だんか》はすくないですが、ひと付き合いは長いですし、じじいやばばあのネットワークも強力です」

「でかした。早速行こう」

お姉さんは颯爽《さっそう》と身体を翻した。

3

校舎を出るまでの間、わたしは足早に先を歩くお姉さんに建築士を目指した理由をたずねた。

明確な理由があったわけではないらしい。大学時代の専攻に合った、食いっぱぐれのない、自立できる仕事をただ選んだだけだという。

お姉さんの横顔が寂しげな微笑みを見せる。

昔から「地に根をはった日常の生活」に憧《あこが》れていたのかもしれないな。自分の建築思想には風土的、田園的、地域に根深く息づくようなものが足りない。引っ越しをくり返してきた生い立ちと関係があるのかもしれないな。故郷の街並みを見て、そう思ったんだよ。

ここは私が全国をまわった中でも、とくに思い出が残っている街なんだ……

チカちゃん。家というのは重要だ。帰る場所というのはひとつでなければならない。だれかのためにそうするのではなくて、自分のためにつくるものなんだ。それが私の持論だ。

わたしはお姉さんの背中を追いながら思った。現実と理想は違うようで、お姉さんはお姉さんなりにいろいろ苦労している感じだ。

お姉さんは強そうに見える。だけど強い人間というのは、自分の弱さを必死に見せないだけなのかもしれない……。

お姉さんは学校の前に車を停めていた。車高が低そうな真っ白なセダンだった。フロントガラス越しに覗《のぞ》くと、黒と赤のいかついシートが目につく。

「ホンダのシビック・タイプRだ」

じろじろ眺めるカイユがうらやましそうな声をあげた。運転席のドアを開けたお姉さんはピンヒールを脱いでスニーカーに履き替えている。

「急ごう。早く乗ってくれ」

カイユが助手席、わたしとハルタは後部座席に乗った。カイユが知り合いの不動産屋のおおまかな住所をいい、お姉さんがナビゲーションをセットする。

「……ここから十分か。近いな」お姉さんはドライバーズグローブをはめていた。

「歩いてでもいけますよ」カイユがシートベルトを締める。

「ESC《横滑り防止装置》はオフにしておこう」

聞き慣れない英単語をつぶやいたお姉さんはギアを一速にたたき込み、車が勇ましいエンジン音とギャキャキャキャというタイヤの悲鳴とともに急発進した。わたしとハルタは三速と変速し、その度に車はぐんぐん加速していった。お姉さんは慣れた手つきでギアを二速、前方のトラックを紙一重で避けて追い抜いたとき、遊園地の絶叫マシンを思い出した。

「あ、あの、南風さん……いくらなんでも、スピードの出し過ぎじゃありませんか？」と助手席のカイユの声が震えていた。

「一曲くらい聴けるな。最近掘り出しものを見つけたんだ。私が生まれた頃に流行《はや》ったアイドルグループの歌謡曲だぞ。シブがき……なんとかだったな」

話をぜんぜん聞いていないお姉さんが、CDの再生ボタンを押した。〈ジタバタするなよ〜世紀末が来るぜ〜♪〉という歌がスピーカーから大音量で流れる。

カイユの顔が青ざめていくのがルームミラーで見えた。わたしの隣のハルタはぐったりしている。なんで男子はこんなに弱いの？　先に帰ったマレンは正解だったかも。車は最初の信号を、ナビゲーションが直進を示しているのにもかかわらず、横滑りして左折した。

「南風さん、方向が違いますよっ」とうとうカイユが叫んだ。

「交差点にくると、意味もなく曲がりたくなるんだ。罪深い車だな」

「そんな」

「喋《しゃべ》るな。舌を噛《か》むぞ。戦場で死にたいのか」

「ひっ」と息を吞《の》んで背中をシートに押しつける。

お姉さんがギアを六速に入れ、くおーんと高いエンジン音が鳴り響く。一般道路が戦場なら、高速道路はどうなるんだ。どうしてわたしのまわりには、こんな迷惑なひとたちばっかり集まるんだろう？

ナビゲーションを散々無視した結果、不動産屋に到着するまで三十分かかった。お姉さんが運転席側のドアをがばっと開け、清々《すがすが》しい顔でピンヒールに履き替える。わたしも車から降りて深呼吸した。車内にはハルタとカイユが口を押さえて残っている。

カイユがいっていた不動産屋の前に立った。地域密着型というか、こぢんまりした店構えで、賃貸情報の貼り紙が味気ない。外から見た感じでは客はいないようだ。

「……物件がすくない時期だから、のんびりムードになってるんだろうな。冷たい麦茶でもご馳走《ちそう》してもらおうか」

お姉さんが先に入り、わたしもあとにつづいた。よろよろと砂漠のオアシスを求めるようにハルタとカイユもやってくる。店内に客はいない。古くさいけど見た目より中は広かった。商談用なのか、六人くらい座れる大型のソファがある。

奥から中年の店主がやってきて、カイユが丁重に挨拶《あいさつ》をした。

「おおっ。睡蓮寺《すいれんじ》の界雄くんか。おお、おおっ、学校をやめずに済んだんだってな……」

中年の店主がカイユの両肩に手を置き、しんみりとした雰囲気になる。やがて中年の店主の目がわたしたちのほうを向いた。

「……界雄くん、こちらの方々は？」

「クライアントだ。いますぐ麦茶を出せ」

お姉さんがいい、わたしはハルタを横目で見る。だいじょうぶですか、このひと？

「――あ、お客様ですか。界雄くん、お客様を連れてきてくれたのかい。有り難いねえ。ささ、こちらへどうぞ」

中年の店主が客商売を心得ていてほっとした。ソファに案内したわたしたちに、高校生だからね、と麦茶と冷たいコーラも出してくれる。コーラの炭酸が渇いた喉《のど》にしみて胸が灼《や》けた。

ハルタがようやく人心地ついたところで、中年の店主がガラステーブルの上にファイルを広げる。

賃貸物件の間取り図だ。

わたしもカイユも首を伸ばした。WICとかSという記号があって、なんだか宝の地図のように思えた。こういう住宅平面図は普段まともに見る機会がない。勢いでついてきてしまったけど、アパートの部屋探しなんて経験がないからすこしだけ興奮する。

お姉さんは煙草を出して火をつけた。まぶたを静かに閉じて、満足そうに煙をくゆらす。煙草を美味《おい》しそうに吸う女性を、わたしは生まれてはじめて見た。

お姉さんが中年の店主にいった。

「都内でひとり暮らしの部屋だと、トリックアートみたいな物件があるが、そういうのは抜いてくれないか」

「珍妙な間取りのことですか？」

お姉さんがうなずく。「大学時代に遭遇したんだ。弟には苦労させたくない」

「おやさしいですね。だいじょうぶです。うちは地域に根ざした優良店を目指していますから、欠陥物件は扱っておりません」

あの、とわたしは口を挟んだ。「トリックアートとか珍妙ってどういうことですか？」

こたえてくれたのは中年の店主だった。

「建築上、おかしな物件のことです。ショートケーキみたいな三角形の部屋だとか、居間に入るのにベランダを渡らなければならないとか、玄関にキッチンがあったりとか、ひどいものになると開かずの部屋とかあったりするんです。四方のどこを探しても扉がない」

「――密室？　冗談みたいな話ですね」

カイユも興味があるようだった。

「冗談みたいな物件が実際にあるんです。設計者のあり得ないミスだったり、部屋数を確保するための意図的なものだったりさまざまです。都市部では低家賃とのトレードオフで契約するひとが後を絶たないから、あまり問題視されないようですね。そのへん、うちは安心ですよ。もし水まわりなどの欠点があれば契約前にいいますし、いまは閑散期で選べる物件はすくないですが、それを逆手にとった借り手市場と思っていただいて結構です。

賃料の交渉も引き受けますよ」

「それじゃあ儲《もう》けが減るぞ」お姉さんが麦茶をすすっていう。

「儲けたいんですけどね……。小さな店が生き残るには、信用をすこしずつ勝ち取っていくしかないんです」

「この時間でも大家と交渉して、部屋の下見をさせてくれるか？」

「それができることが、うちみたいな店の強みです。むしろ部屋の下見をするなら、昼間を避けたほうがいいくらいです」

その理由はなんとなくわかった。留守がちの昼間より、帰宅時間と重なる夕暮れどきの時間帯のほうが、隣人にどんなひとが住んでいるかチェックしやすい。

「春太。死ぬ気で探せ」

お姉さんが命令し、ハルタが一生懸命、間取り図の資料をめくっていく。必死だ。ファイルは二冊あったので、わたしとカイユも手伝うことにした。

「……そうだ。忘れていました。差し支えなければ、お客様のご予算を」

中年の店主が控えめにたずね、お姉さんが小声でこたえる。

「予算か。都内と違ってここは物価が安いからな……生活費込みで、十……いや五万円という上限を提示したい」

いきなり半額近く値切った。ハルタと中年の店主の顔が蒼白《そうはく》になる。こりゃあ大変だ。

わたしもカイユも気合いを入れて物件を探しはじめた。

「ハ、ハルタ？　月五千円で生活できる？」

「無茶な」

「ハルタ？　学校から徒歩二時間半くらいなら我慢できる？」

「遠足じゃあるまいし」

「面倒臭いやつだ。もうこれでいいだろ」

お姉さんがある物件を乱暴に指さす。築八十年、四帖半《よじようはん》で風呂《ふろ》なし、トイレが共同の木造アパート。家賃が九千円だった。

「いいか？　私が古本屋で読んだ漫画では、このような物件の押し入れからは、食べられるキノコが生えるらしいぞ。春太、実証してみてくれ」

「お客様、それはサルマタケですか。もしかしてお客様は松本零士《まつもとれいじ》のファンですか？」

そういって、中年の店主は憐《あわ》れみをもった眼差《まなざ》しをハルタに注ぐ。

「上条くん、あった、あった」

熱心に間取り図をめくっていたカイユが歓喜の声をあげた。

「防音完備。ピアノ可。１Ｋのフローリング。家賃二万五千円。ホルンの練習もできそうだよ」

「防音？　まさか」奪い取るようにハルタがその資料に目を通す。「本当だ。築四十年だけど、一九八二年に大幅に改築している……。奇遇だ。姉さんが生まれた年と一緒だ」

歳がバレたお姉さんが殺気のこもった目でハルタを睨《にら》みつける。なんだか怖い。わたしも首を伸ばして、ハルタが手にする間取り図をのぞいた。場所は学校から徒歩圏内。洋間八帖、キッチンが二帖半で、水洗トイレとお風呂と押し入れがある。うそでしょ？　しかも見た感じ、トリックアートな間取りではなさそうだ。

なにより防音完備、ピアノ可という文面に強く惹《ひ》かれた。カイユのいう通り、たぶんホルンの練習も問題なさそうな気がした。時間を問わない練習場所は喉から手が出るほど欲しい。わたしもお邪魔したいくらいだ。みんなのためにも、このお宝物件をなんとしてでもゲットしたかった。

「ごめんごめん、その物件はなし。ちょっと問題があってね」

中年の店主が両手を合わせて謝り、ハルタとカイユとわたしはがっくり肩を落とす。お姉さんは想定の範囲内のようで、煙草の煙をふーと吐いた。

「他を探せ」

追加された資料も手当たり次第めくってみたが、ハルタが納得できる物件はなかった。わたしも次第に心が折れていくのを実感する。

「……さっきの物件はどうして駄目なんですか？」ハルタが食い下がった。

「サルマタケの部屋か？」とお姉さん。

「そっちじゃない。二万五千円の物件のほう！」

中年の店主が嘆息をもらした。「あの物件は事情があって、うちではもう仲介していないんです。どうしてもというのでしたら、家主に連絡を取りますが……」

カイユがさっきの間取り図を引っ張り出して真剣に眺める。

「わかった。これは荘円寺《そうえんじ》の近くだね。もしかしたらお墓の近くってこと？」

「それもありますが……」

中年の店主の歯切れはなぜか悪く、伺いを立てるようにお姉さんを見やる。

「墓地というのは案外風情があっていいものだぞ。アパートの窓を開ければ、季節によって草木の風景は変わり、それに人間いつかは終わりがくることを常に自分の目で確かめられる。私は都心の密集した住宅街のほうが怖いね」

とお姉さんはいっていますが、どうでしょう？　とわたしはハルタに目を移す。

「ぼ、墓地くらい問題ないっ」

ハルタの決意はかたかった。わたしは考える。確かに墓地の近くは気味が悪いけど、わたしが住むわけじゃないのだ。ハルタが契約したあかつきには、練習場所として利用させてもらおう。夜遅くなれば、帰りはハルタに送ってもらえばいい……。いける。

「わたしも問題ない」

「なんでチカちゃんが」

「僕も問題ないな」

「なんでカイユまで」

「みんなも納得するよ、きっと」わたしは笑顔でハルタの肩を叩《たた》いた。

「みんな？　吹奏楽部のメンバー？　うそでしょ？」

わたしは携帯電話を取り出して、ちまちまと成島さんにメールを打つ。ものの三十秒で返信の着信音が鳴った。〈なにがなんでも、そこに住んでもらいなさい〉。ほら、と携帯電話の画面を見せると、ハルタが喉《のど》の奥で呻《うめ》いた。

「立地条件だけの問題なのか？　それよりむしろ、人気のなさそうな場所に防音完備のアパートを建てる意味がわからない」

お姉さんが疑問点を口にする。

「そういえば、この間取り図……なにか変だな」ハルタも首を傾げていた。

「お前も気づいたか？」

いったいなにが変だろう？　わたしとカイユは、防音完備の物件の間取り図を注視した。

アパートは三階建てで、一階と二階にふた部屋ずつある。そこが賃貸に割り当てられていて、紙面には四つの部屋の間取り図があった。洋間八帖、キッチン二帖半、水洗トイレとお風呂と押し入れがあることは共通している。

間取り的にはシンプルで、どこをどう見ても構造的におかしな箇所はない。

「……汚い図面だよね」わたしなりに感じた点をいってみた。

「基本的にうちは、間取り図は家主から預かった原画をコピーしています。どの不動産屋も原画を尊重しますから」中年の店主が親切に教えてくれる。

「問題はそこじゃなくて」

ハルタが間取り図の一部分を指さした。それは端に書かれた文面で、賃貸対象と書かれた枠の中だった。部屋数、五とある。

あれ？　五部屋……

わたしはもう一度、間取り図に目を落とす。一、二、三、四……どう数えても四部屋しかない。隅から隅までどんなに目を凝らしても、五部屋目となるスペースがない。これってトリックアートなの？

ハルタが身を乗り出して中年の店主にたずねた。

「あと一部屋はどこにあるんですか？」

紹介されたアパートには、間取り図上に存在しない五部屋目がある。

「アパートの家主だったひとがこう表記するんです。三階には、家主が住んでいる部屋があるのですが……」

中年の店主が困り果てた表情でいい、お姉さんが質問を重ねていく。

「家主が自分の部屋を貸し部屋の勘定にいれているのか？　そんな馬鹿なことをするものなのか？」

「いえ。それはないです。私だって理由はわかりませんし、それに賃貸契約者の審査がすごく厳しいひとだったんです」

「……過去形だな」お姉さんが声を落とす。

「はい。元の家主が先々月に老衰で亡くなりまして、いまはお孫さんがアパートを相続しています」

中年の店主はまだなにか隠している素振りだった。察したお姉さんがやさしく口添えする。

「もともと事情があって仲介していない物件なんだろう？　商売道義に反しているわけではないし、こっちも責めているわけではないんだ」

「隠すつもりはありません……ですが……」中年の店主は迷っていたが、意を決した様子で口を開いた。「檜山さんの知り合いだからいいますけど、奇妙な噂があるんです」

「噂？」女子高生のわたしは、その言葉に敏感に反応する。

「改築を行ってから、けっこうな数の住人が退去しているそうなんです」

「なんで？」わたしには意味がわからない。

「これです」

中年の店主は胸元に両手を持っていくと、白目になって、だらりと手のひらを下げた。

……幽霊？

え、まさか、本当に出るの？

間取り図上に存在しない一部屋。幽霊の噂。退去していく住人たち……。いくらなんでもそのシチュエーションはやばいのではないか？　冷たいものがゆっくり背筋を這《は》いのぼっていく感覚を覚えた。

お姉さんは目をぱちくりさせている。やがて力が抜けた音のないため息をもらした。

「なんだ。事故物件じゃないのか。だったらいいじゃないか。カルト的な宗教施設が近くにあるわけでもないし、なんらかの事件が起きた物件でもないんだろう？　春太、幽霊と添い寝する覚悟で住め」

と無茶苦茶なことをいっていますが、どうでしょう？　とわたしは再びハルタに目を移す。

「それは嫌だ」

ハルタは正直だった。わたしとしても遠慮したい。精神衛生上、悪すぎる。念のため携帯電話を取り出して、もう一度ちまちまと成島さんにメールを打ってみる。今度も返信は早かった。〈やめてやめて、いや、いや〉。やっぱり怖いよね……。カイユに携帯電話の画面を見せると、彼も深く同意していた。

さすがにいい歳をして幽霊の真似が恥ずかしかったのか、中年の店主は空咳《からせき》をくり返した。「いや、すみません。そんな非科学的なものは信じられませんが、多くの住人が出て行ったのは事実です。それでもお住みになりたければ、地図をお渡ししますので行ってみたらいかがでしょう？　詳しくは家主に聞いてみてください。アパートの三階に住んでいますから、私から連絡をしておきますよ」

「よし、行くぞ」

お姉さんが車のキーを取り出して立ち上がった。狙った獲物はぜったい逃がさないハンターの目をしている。テンションがすっかり下がってもたもたするわたしたちを、蹴飛《けと》ばすように急《せ》き立てた。

「明日まで引っ張るつもりはないぞ。県大会に向けた練習があるだろう？　私は十代の時間の使い方に後悔を残したが、お前たちは無駄にするな」

4

到着したアパートの名前は「アサマ山荘」だった。

「……くっ。このネーミングセンス。しゃれになっていないぞ」

お姉さんが苦々しく吐き捨て、わたしはアイスを舐《な》めながら見上げる。

すでに夏の陽は暮れかけていて、赤々と燃えるように色づいていた西の空が薄闇に侵食されていた。猛スピードで走ってきた車のそばでは、ハルタとカイユが口を押さえ、乙女座りをしている。

確かにアパートはお寺の近くにあり、荒れ地に囲まれていた。そのぶん静かで、雑草が伸び放題の草むらの向こうでは、耳に心地よい虫の音が鳴っている。

貸し部屋の数は、外から見て扉の数でわかった。一階と二階合わせて四つしかない。それ以外の貸し部屋の出入口は、アパートの周囲をぐるりと歩いても見つからなかった。念のため郵便受けを確認する。表札がついているのは三階の部屋だけだった。天野《あまの》、とある。

「鉄筋だな」

お姉さんは屋根付きの鉄階段を上りながら外壁をこづいた。あとにつづくわたしたちも目を向ける。改築から二十八年も経っている割には、それほど傷んでいない気がした。

「土台がしっかりしていそうだな。ゆがんでいない。リフォームを何度もしているのか」

お姉さんは三階に上りきるまでの間、医者の触診みたいにアパートをチェックしていた。三階の廊下には部屋の扉がひとつしかなく、この階をまるまる家主が使っていることがわかる。ひと家族なら余裕で住めそうだ。

「どうも腑《ふ》に落ちないな」わたしにつづくハルタがぽつりとこぼした。「元の家主は老衰で亡くなったんだよね」

いわれてわたしも気づいた。三階まで階段で上るこのアパートは、高齢者には負担が大きい。健康なひとだったのだろうか……

「いまの家主に聞けばわかる。確か孫にあたる人物だったな」

お姉さんはそういってインターホンのボタンを押した。反応はない。ノックをしてからもう一度押す。ぜんぜん反応がない。

「あの――」

階下から芯《しん》のある男性の声が響き、わたしたちは手摺《てす》りのついた壁から身を乗り出す。外で四十歳前後の男性が見上げて立っていた。ポロシャツにチノパン姿。彫りが深い痩《や》せ型の顔で、うっすら顎鬚《あごひげ》を生やしている。サラリーマンには見えない風貌《ふうぼう》だ。

「松田不動産から紹介があった、上条さんですか？」

「はい。上から失礼します」お姉さんが会釈した。「夕食どきにお邪魔して申し訳ありません」

そういえば煮物のいい匂いがする。男性も会釈して、

「家主の天野と申します。上条さん、連絡に行き違いがあったことをお詫《わ》びします。実はいま、私たちは一階の空き部屋に住んでいまして……」

お姉さんが眉《まゆ》を顰《ひそ》めると、天野さんの隣に奥さんらしい女性が近づいてきた。大きくお

腹のせり出した彼女を見て、わたしは納得した。

「そちらに伺います」

天野さんは三階まで上がってきてくれた。部屋の鍵《かぎ》を開けて照明をつける。家主が住むだけあって中は広く、家具はそのまま残っていた。窓を全開にして風通しをする作業はわたしも手伝った。

お姉さんがライターをカチカチ鳴らして待っている。早く一服したいらしい。ハルタとカイユが肉じゃがのお裾《すそ》分《わ》けを取り合っている。空腹が我慢できないらしい。わたしはテーブルを布巾《ふきん》で拭《ふ》き、天野さんが持ってきた缶コーヒーを並べて、「準備ができましたよっ」とやけくそ気味に叫んだ。

お姉さんが天野さんに名刺を差し出して、改めて挨拶《あいさつ》をした。あれ？　不動産屋では渡さなかったのにどうしてだろう？　天野さんの目が、お姉さんの一級建築士という肩書きに注がれている。

「東京からわざわざ……」

天野さんが名刺から顔を離す。

「無理をいってすまないな。今日中に弟が住む物件を決めなくてはならないんだ」

お姉さんは煙草に火をつけ、煙を横に吐き出す。その煙がハルタの顔にかかった。

「そうですか……」天野さんはテーブルの上に両肘《りょうひじ》を置いて、頭《こうべ》を深く垂れた。いおうかいうまいか考える間ができ、やがて唇を開いた。「誠に申し訳ありませんが、実はこのアパートを手放すことに決めたばかりなんです」

「いつ？」お姉さんは動揺を微塵《みじん》も見せない。

「年内にも」

「急だな」

「……ええ。仕方ないんです」

「下の郵便受けを見たよ。天野さんの表札しかなかった。家賃収入が途絶えた状況だな？いまのままでは修繕費と固定資産税がかさむだけの赤字だ」

初対面なのにお姉さんがずばずばと切り込み、傍らで聞いているわたしたちはひやひやする。

天野さんはお姉さんを凝視していた。しかしお姉さんの強い視線から逃れるように顔を逸《そ》らすと、暮れなずむ窓辺のほうに目をやった。

「……祖父が遺した大切なアパートなんです。できれば手放したくありません。しかし、どの不動産屋も仲介を嫌がるのです」

お姉さんは深々とため息をつき、片手で顔を覆う。

「あれか。幽霊の噂というやつか。まったく、喋《しゃべ》っていてこっちが恥ずかしくなるぞ」

「……ええ。本当ですね」天野さんの声に疲労感が滲《にじ》んでいた。

「幽霊のせいで住人に逃げられていると聞いたが、どんな幽霊なんだ？　男性か？　女性か？　子供か？　老人か？　美少女か？　頭に毛が三本生えて、ご飯を二十杯食べるお茶目なお化けか？　だったら犬が苦手だぞ」

「気味の悪い僧侶《そうりょ》の幽霊らしいです」

「僧侶？」お姉さんは意外そうな顔をした。「そういえば近くに寺があったな……。で、天野さんは実際に見たのか？」

天野さんは首を横にふった。「いえ。私はぜんぜん、気配さえ……。ここ十数年の間で一階と二階の住人が幽霊騒ぎを起こしたそうです。毎日夜になるとアパートの外を僧侶がうろうろ歩きまわり、ときには大勢の僧侶の幽霊があらわれるそうです」

お姉さんはまた、ため息をもらした。今度は長くつづいた。

「……僧侶とやらの幽霊は、このアパートに恨みでもあるのか？　この世から勝手に退場しておいて、生きている人間の営みを邪魔するなんて生意気なやつだな」

「戦後すぐ、裏手にあるお寺で殺人事件があったみたいです。檀家《だんか》へ托鉢《たくはつ》に行ったまま戻らなかった僧侶が、金品を奪われた状態の惨殺死体で発見されたらしいです」

「半世紀以上前の話じゃないか。このアパートに関係があるのか？」

「人伝《ひとづて》に聞いた話ですが……祖父が僧侶の幽霊の供養のために、このアパートに帰るべき部屋を設けたそうです。それが、間取り図に存在しない五つ目の部屋らしいのです」

お姉さんが両手で頭を抱えてのけぞる。

「——ああっ、もうっ、無茶苦茶な話だ。『らしい』という話もうんざりだっ」

癇癪《かんしゃく》を起こしたお姉さんは放っておいて、わたしは隣に座るカイユを肘で小突いた。

「……ねえ。托鉢ってなに？　なんか当たり前のように聞き流しちゃったけど、もしかしたら意味をわかっていないかもしれないし」

カイユが耳元に口を寄せて、教えてくれる。「簡単にいえばさ、所有欲を捨てた出家者が修行に専念するために、必要最低限の食料や小銭を他人から奉仕してもらうことだよ。昔、親父が修行時代にやっていたみたいだけど……」

するとハルタが小声で割って入ってきた。

「さっきの殺人事件だけど、おかしいところだらけじゃないか。托鉢をする僧侶なんて、世捨て人と紙一重だろうし、そんなひとを強盗目的で襲ってなんの得があるの？」

わたしはハルタの耳を引っ張る。

「ちょっと。カイユのお父さんに失礼でしょ」

それを受けて、カイユがくすっと笑う。

「ぜんぜん問題ないよ。托鉢は誤解が多くてさ……。托鉢は奉仕以外にも目的があって、檀家や地域のひとたちとのコミュニケーションも図っているんだ」

「それでどうして誤解が多いの？」わたしはカイユにささやいた。

「ときどき駅のまわりで見かけるでしょ？　親父に教えてもらったんだけど、あれは正確にいえば托鉢じゃなく辻立《つじ》ちというんだけど、身分証明や道路使用許可なんて必要ないから、素性を疑おうと思えばいくらでも疑えるんだって」

「だったら、だれでもできるんだ？」ひそひそと声を返すハルタ。

「なんでも会社のストレス発散でたまにやっているサラリーマンがいるみたいだよ」

「へえ」とハルタが感心した。「でも、他のインチキの類《たぐい》と違って、疑わしいけど疑えない。なんか不思議な存在だね……」

沈黙に気づいてふと視線を戻すと、お姉さんと天野さんがわたしたちの話を聞いていた。お姉さんが頬杖《ほおづえ》を突いて微笑する。

「疑わしいけど疑えない、か。春太もたまには面白いことをいうじゃないか。今回の幽霊騒ぎも含めて、もっと的確に説明してやろうか？」

ハルタと天野さんがうなずくと、お姉さんはつづけた。

「……私たちの業界でヴァナキュラーという言葉のものさしがあるんだ。この海沿いの街にもいくつか見られる。簡単にいえば建築家が介入せずに、その土地に住む人間とその風土によって建物が造られること。そんな日常に根付いた建築様式をヴァナキュラー・モダニズムというんだが、その言葉が今回の心霊現象を象徴していると思う」

お姉さんの話を、わたしは興味深く聞いた。

「いまどきのお前たちはインターネットから簡単に情報を入手できるだろう？　昔と比べて根拠に基づいた真贋《しんがん》を確かめる方法はいくらでもある。だが心霊現象に限っては、なぜかだれもそうしようとしない。疑わしいけど疑えないひとたちがいまだたくさんいる。なぜならな、心霊現象を肯定的に捉《とら》えるひとは、昔からの風習、因果、わかりやすくいえば今回の話みたいに托鉢する僧侶やお地蔵さん、お寺や鳥居といった風土的な理由をたいして知りもしないくせに、なんの疑いもなく結びつけようとするからなんだ。明確な根拠を頭で考えようとせず、肌で考えようとする。その土地の風土がつくりあげたものを無自覚に受け入れる。私は否定するつもりはないよ。あくまで建築学的な観点ではな。それ以外は却下だ」

そしてお姉さんは煙草に火をつけ、まっすぐ天野さんを見すえる。天野さんも真剣に耳を傾けていた。

「ここで一度、話を整理してみようか。まずこのアパートの怪現象はいつからはじまったんだ？」

天野さんは言葉を慎重に選ぶ表情をする。

「アパートを改築して数年後くらいから……と聞きました」

「一九八二年から数年後だな。次、怪現象とはなんだ？」

「毎日夜中になると、アパートの外で僧侶の幽霊があらわれるというものです。ときには大勢の僧侶があらわれるそうです」

「アパートの中からどうして僧侶だとわかるんだ？　もっと具体的にいうと？」

「……錫杖《しやくじよう》の音が聞こえるそうです」

お姉さんは呆《あき》れてみせた。

「ほらほら。そこがヴァナキュラーな考えをしている。そもそも錫杖の音なんて普通の人間が聞く機会があるものなのか？　仮に金属的な音が聞こえたとしても、それがどうして錫杖の音になるんだ？」

わたしはテーブルの上で身体を伏せ、カイユに小声でたずねる。錫杖ってなんですか？

カイユが小声で返してくる。お坊さんが持っている鉄の輪っかがいくつもついた杖のことだよ。チリン、チリンって鳴るやつ。

（チリン、チリン……）

（チリン……）

確かに、夜中にそんな音が響いてきたら不気味だ。毎日つづけば逃げ出したくなる気持ちもわかる。

「天野さんはその錫杖の音を聞いたことがあるのか？」

「いいえ……。妻も聞いたことがないようです」

「だいたい戦後にあった僧侶の殺人事件だって実際にあったかどうか疑わしい。地方の街では、噂がひとつでも立てばひとり歩きして、尾ひれがついて話が大きくなるんだ」

「姉さん」と間取り図を広げたハルタが話に加わった。間取り図は不動産屋からもらったコピーだった。「このアパートは二十八年前の改築で防音仕様になっているんだよ」

「そういうことになっているな」

「だったら外からの異音は聞こえない」

「理屈だな」

「そう。だからこそ部屋の中で錫杖の音が聞こえたら気味が悪い。みんな出て行く」

「鉄筋コンクリート造りで壁なら十五センチ以上、床なら二十センチ以上あれば標準的な遮音仕様になるが……」

あの、と天野さんが口を挟む。

「祖父がこのアパートを改築したときは、防音仕様が売りだったんです。建築図面を見たことがありますが、このアパートもそれくらいの壁の厚さはありますよ。しかも外壁と内壁に分けた二重構造です」

わたしは学校の耐震補強工事を思い出した。

「サッシを見ればわかるよ」お姉さんがいった。「疑っているわけじゃないんだ」

「ただ、防音仕様に関するクレームは、ここ十数年の間に二度あったそうです。最初は一階部分、次は二階部分で、部屋の中の音がこもるようになったというのです」

「──音がこもる？」お姉さんが身を乗り出す。

「ええ。家賃が安かったから、それで採《も》めることはなかったようですが……」

「防音仕様に欠陥が出てきたのかな？」ハルタが首をひねった。

「いや。だんだん謎が解けてきたぞ。ワンルームの施工で防音環境を完全に整えるのは難しいんだ。二重構造は確かに有利だが、外との温度差が空間にできてしまう。結果として軋《きし》みの音が発生する」

「軋みの音？」天野さんがくり返した。

「その音を、錫杖の音と勘違いした可能性がある。僧侶の殺人事件の噂は、後から結びつけられたものっぽいな」

お姉さんの指摘が的を射ているのか、天野さんは呼吸をひとつ呑《の》む表情をした。

「幽霊なんて馬鹿げている。そう思わないか？」

語勢のあるお姉さんの問いかけに、天野さんが気圧《けお》されたようにうなずく。

「よし。これでお互い一歩前進したな」お姉さんは缶コーヒーのプルタブを開け、はじめて口に含んだ。「じゃあそろそろ本題に入ろうか」

「──本題？」と天野さん。

「幽霊問題はたったいま解決した。これから本当のことを話してほしい。力になれるぞ」

「ほ、本当のことって、な、なにを？」天野さんは椅子を引き、明らかに狼狽《ろうばい》の色を浮かべていた。

「どうしてこのアパートを手放すんだ？」

お姉さんが天野さんの目を見ていう。真の理由を見透かしていそうな口調だ。天野さんの視線が揺れた。やがてまぶたを閉じ、ふた呼吸ほど置いて、とうとう根負けしたようにうなだれた。

「実は恥ずかしい話ですが……相続税が払えないのです」

「やっぱりそうか」

お姉さんは浅く腕組みして椅子の背にもたれる。

「不動産屋で『相続』という言葉を聞いてから、なにか引っかかっていたんだ。差し支えない範囲で構わないから話してくれないか」

「……ここまできたら腹を括《くく》りました。最初からすべてお話しします」

天野さんは下を向き、テーブルの上で拳《こぶし》をつくり、ぽつぽつと自分の生い立ちから語ってくれた。

「私は小学生の頃に親元を離れ、このアパートの持ち主だった祖父に育てられたのです。出来の悪い子と周囲にいわれて、いま思い出せばずいぶん荒れた少年時代を送りました。

警察に補導されることも平気でしましたし、その度に祖父には迷惑をかけてきました。私の代わりに土下座して謝ったこともありましたし、親代わりに私を殴りつけたこともありました。祖父は男手ひとつで私を育ててくれて、一度たりとも私を見捨てたことはなかったのです。……先に見限ってしまったのは私のほうなんです。中学校に上がってから頻繁に祖父の財布から金を盗むようになり、それがばれたら、今度は私から手を上げるようになりました。祖父に乱暴を働いたことは一度や二度ではありません。次第に私は顔を合わせづらくなり、高校へは行かずに祖父のもとを飛び出したのです」

天野さんは一度そこで話を切り、顔を横に背けてつづけた。

「それからは苦労しました。不良少年が家出同然で上京したところで、まともな仕事にありつけるはずがありません。チンピラまがいなことをして、食べていくのにやっとの生活を送ってきました。妻となる女性と出逢《であ》い、まともに更生して、この街に帰ってきたのは三十を越えてからです。……私はまっさきに祖父に会いに行きました。もちろん門前払いされましたが、祖父がまだ元気でいてくれたことがうれしかった。許してもらえなくていいから、私はそばにいようと心に誓いました。祖父はずっとひとりぼっちだったのです。ですからいつでも駆けつけられるよう、近くに住む場所を決めて、妻と一緒に真面目に働く日々を送りました」

ぐすっと洟《はな》をすする音がした。お姉さんがハンカチで目もとを押さえている。え？　このひと、涙もろいの？

「……先々月、祖父は老衰で亡くなりました。まともに話してくれることは最期までありませんでしたが、手を握って看取ることはできました」

お姉さんが静かに口を開いた。

「祖父に莫大《ばくだい》な遺産があったことを知ったのはいつなんだ？」

「葬儀が終わって、弁護士に親族が集められたときです。総資産額を聞いて驚きました。祖父は現金こそ最低限の貯金しかしていませんでしたが、都内に複数の土地と、有価証券があることがわかったのです」

「……いくらだ？」

「二億円です。祖父が遺した遺書により、総資産額の八十一パーセントを長男と長女と次女と三女、残りを慈善事業団体、そして相続人に私も含まれていることがわかったのです。親族はどよめきました。私が相続したのはこのアパートと荒れ放題の狭い土地です。それを知った親族は不服をいいませんでした。そればかりか、にやにや笑ってさえいました。理由がわかったのは二週間後です。私のもとに相続税の支払いが求められました。五百万円近い金額です。……そんな大金、すぐには用意できません」

天野さんには、身重の奥さんがいることを思い出した。

「姉さん、相続税ってそんなにかかるの？」

ハルタが素朴な口調でお姉さんに聞く。お姉さんは手帳に書いて説明してくれた。

「ああ。五千万円＋（相続人の数×一千万円）の計算式で、遺産が八千万円を超えると相続税が発生する。分配次第で一気に破産するぞ。逆にいまの話のように、故人の遺志で身内を破産に追い込むこともできる。死んでからの報復だ」

お姉さんは、言葉の最後の部分に力を込めた。

それを受けて天野さんは苦しそうに吐き出す。

「……おっしゃる通りです。私が祖父にしてきたことを考えれば当然です。故郷に帰ってきたのも、近くに住んだのも、遺産目当てだと思われたかもしれません。相続税の支払いが私に与えた罰なら、甘んじて受け入れます」

「五百万円か。大金だな」お姉さんの声に同情が混じる。

「……私たち夫婦にとっては大金です。相続した遺産を売却して、貯金を切り崩して充てれば、なんとか工面できそうです」

「だからこのアパートを手放そうとしたんだな」

天野さんはかたく目をつぶる。

「……妻と、生まれてくる子供のためです。ようやくできた子供なんです」

「天野さんに遺産分配されたのは、本当にこのアパートと二束三文の土地だけなのか？」

「実はもうひとつあります」

天野さんはそういって立ち上がり、居間の簞笥《たんす》の引き出しから茶封筒を持ってきた。茶封筒の中から出てきた紙を見て、カイユが「あっ」と声をもらす。

「間取り図の原画だ……」

ハルタがつぶやき、自分が持っているコピーと見比べた。

「ええ。こっちの原画には祖父の直筆があります。この建築物に含まれる家具調度品、貴金属、金銭類、すべてを相続する——。私宛てです。これが、祖父が私に遺した唯一の遺言らしい遺言です」

「どうして間取り図に？」ハルタが顔を上げる。

「わかりません……。でもこのアパート自体、すこし変わっているところがあります。アパートは一九八二年に改築されていますが、そのとき祖父は住む自宅を一階から三階に移しました」

「変わっているのは、すこしどころじゃないです」ハルタが否定した。「三階までの階段の上り下りですよ？　高齢の家主なら無理があります」

「ですが実際、祖父は三階の自宅に居つづけました。這《は》ってでも階段を上りましたし、入院したときも自宅に帰りたくて病院から抜け出したことがありました。毎日過ごさないと意味がない、とこぼしていたそうです」

「……毎日？」ハルタの眉《まゆ》がぴくっと動く。

「ええ。毎日、ですが」

ハルタは急に黙り込み、なにかを考えるふうに腕を組んだ。

「春太。もういいのか？　私が解決してしまうぞ」

お姉さんが横目でいい、ハルタが「ああ……」と気後れした表情で返す。お姉さんは天野さんに向き直って口を開いた。

「一度しかいわないから、よく聞いてほしい。相続税は税理士によって計算の仕方が変わることもある。天野さんが相続されたものの資産評価額を見直したらどうだ？　場合によっては相続税が大幅に減って、有価証券や都内の土地を相続した実子たちのほうが負担が重くなるかもしれない。話を聞いていると、どうも不公平に思えるんだよ。作為的なものだとしたら、交渉の余地があるということだ。腕の立つ税理士次第だがな」

天野さんはお姉さんの名刺に目を落とした。そういえば、さっきから何度も気にしている。

「……上条さん、税理士のつてはございますか？」

「あるから態度がでかいんだ。会社絡みで都内に信頼できる税理士と弁護士がいる。お祖《じ》父《い》さんの思い出がつまったこのアパートを取り壊さないよう調整すればいいんだろ？」

天野さんは救われたように顔を上げた。「そんなことができるんですか？」

「天野さん次第だがな」

「どのみち相続税はゼロにならないから、天野さんの貯蓄は減る。それにこのアパートを維持していくのは容易じゃない。固定資産税を毎年払わなければならないし、家賃収入ゼロからのスタートだ。住人を呼び戻す努力をしなければならないし、そのためのリフォームも必要になる。とくに給排水だ。ただ、天野さんにやる気があるのなら、知り合いの良心的な工務店を紹介してもいいぞ」

「相続税の問題が発生する前、お願いしようと思っていた工務店があります」

「信頼できるところなのか？　最近は素人相手に無茶な請求をする工務店があるぞ」

「祖父の幼なじみがまだ現役で経営しているところです。祖父の通夜を仕切ってくれた恩人で、先ほどの間取り図の原画もそのときに手渡されました」

急にハルタがテーブルに身を乗り出してきた。

「間取り図の原画は、天野さん宛ての遺書のようなものですよね。幼なじみだったとはいえ、第三者の工務店の社長から直接手渡されたんですか？」

「え、ええ……」

天野さんがこたえ、ハルタは呆《ほう》けたような表情で瞬《まばた》きを何度もくり返していた。

「どうしたのよ、ハルタ？」気になったわたしは小声でたずねる。

「いや、いま一瞬……すごく馬鹿馬鹿しいことを考えた」

「……と、いうと？」

「どんな？」

「いや、馬鹿げたことなんだ。……本当に馬鹿馬鹿しいことだから、チカちゃん忘れて」

横で聞いていたお姉さんが嘆息した。

「故人が書いた遺書だと証明できれば、だれが持っていようと問題ないんだ。ましてや相続的な価値がほとんどない内容だぞ。遺産を審査した親族もさして問題にしなかったんだろう？」

天野さんがうなずく。話の腰を折るなといわんばかりに、お姉さんがハルタに目で釘《くぎ》を刺した。

「……総じて問題はなさそうだな。知り合いの税理士と弁護士には今晩にでも連絡をつけてみる。困ったことがあったら遠慮なくいってくれ」

「あ、ありがとうございます」

「大切な弟を預けるから、私もこうして骨を折るんだ」

「本当に、本当にありがとうございます」

天野さんが深々と頭を下げ、いいって、いいって、とお姉さんが片手をひらひらさせる。なんだろう……。お姉さんと天野さんのやり取りを眺めて、わたしの胸になぜか一抹の不安がよぎった。仮にこのアパートが手元に残ったとしても、大きな負担がのしかかることに変わりはないのだ。だいたいお姉さんが紹介する税理士と弁護士がどこまで優秀なのかもわからない。

お姉さんはボールペンをくるっと指先でまわし、テーブルの上に出された賃貸契約書にサインを素早く書いた。ハンドバッグから印鑑を取り出して捺印《なついん》する。

わたしはハルタを見て内心びくっとした。怖い顔でお姉さんを睨《にら》みつけていたからだった。


「気に入らない」

アパートを出て車に戻るときだった。ハルタが開口一番いった。

「なにが気に入らないんだ？」

並んで歩くお姉さんが首を傾ける。

「嫌だ嫌だ。姉さんのああいう手段を選ばないところが嫌だ」

「お前のためだ。最悪どう転んでも、秋くらいまでは居座れる。敷金は返ってくるし、その頃には物件が増えるだろうから、今度はつぐみか冬菜と部屋探しをすればいい」

え？

わたしはお姉さんを追い越して、前に立った。

「あのひとを騙《だま》したんですか？」

「騙してなんかいない。遺産相続のトラブルに強い人脈は紹介させてもらうし、それで事態が好転する可能性だってあるんだ。できる限りのことはさせてもらうよ」

確かに、お姉さんを間近で見てきたから嘘じゃないことはわかる。善意でできる限りのことはすると思う。でも腑《ふ》に落ちなかった。事実だけ見れば、お姉さんは天野さんにアパートを手放す決心を鈍らせ、賃貸契約書を先に書いてしまったのだ。最初からその目的で、理詰めでやってのけたとしたら……

（明日まで引っ張るつもりはないぞ。県大会に向けた練習があるだろう？　私は十代の時間の使い方に後悔を残したが、お前たちは無駄にするな）

お姉さんがいったことがよみがえる。お姉さんは自分の言葉に忠実でいるのだ。ときには冷酷すぎるほど……。わたしは息を呑《の》んだ。上条家を引っ張ってきた長女として、わたしみたいな高校生にはとても太刀打ちできない位置にいる。

「ねえ、間取り図の謎はどうするの？　面白そうなのに」

カイユの声に、お姉さんとハルタとわたしはふり返った。遅れて歩いてくる彼が間取り図のコピーを手にして宙でふっている。

お姉さんがぽつりとこぼした。

「家主の部屋が三階にある理由と、それだけがよくわからないな」

——あのアパートには、間取り図上に存在しない五部屋目がある。

「どういう意図があって五部屋と記述したんだろうな。蒼髭《あおひげ》の物語みたいに壁の中に人骨が埋まっていて、壁の隙間がその人骨の部屋をさしているとしたら、お前たちは納得するか？」

お姉さんの冷めた言葉に、カイユはぶるぶる首を横にふり、明るくふるまった。

「せめて宝の地図みたいな、夢のある想像をしようよ」

「世の中そんなに甘くないんだ」

お姉さんはそう切り捨てた。

「そうかなあ。天野さんの思い出話に出てきたお祖父《じい》さん、蒼髭みたいな悪者とは思えないんだけどなあ」

お年寄り好きのカイユが寂しげにいい、わたしもそう感じた。自分が死んでいなくなってから、親代わりに育ててきた孫を破産に追い込もうとするなんて……あまりにも虚《むな》しすぎる人生だと思った。

ハルタが踵《きびす》を返した。

「カイユ、チカちゃん、あのアパートに戻ろう」

「戻る？　おい、春太」お姉さんの声が気色ばむ。

「チカちゃんはマレンに電話してくれないかな。パソコンを持っているから、アパートの改築が行われた一九八二年に起きた出来事を調べてもらってほしいんだ。姉さんの生まれた年と一致しているのは不思議な縁を感じる。どうも気になって仕方がない」

「え、え――」わたしは戸惑いながら携帯電話を取り出す。

「春太、冗談なら怒るぞ」

お姉さんがハルタの腕を引っかけて取る。

「姉さんもきたほうがいいよ。ぼくの妄想に終わるかもしれないけど、もしかしたらお祖父さんが遺した、最高に馬鹿馬鹿しい奇跡が見られるかもしれない」

「最高に馬鹿馬鹿しい……？　春太、なにをいっているんだ？　とっとと帰るぞ」

「一級建築士のくせに、見たくないの？」

ハルタの挑発に、お姉さんがめずらしく狼狽《ろうばい》する色を顔に浮かべた。

「……なにをだ？」

「究極のヴァナキュラー・モダニズム」

ハルタはお姉さんにひそひそと耳打ちした。ふたりの間に空白ができ、お姉さんの表情が石のようにかたまる。すとんと、その場で腰を抜かしたように座り込んでしまった。

5

夜がおとずれて、天野さんのアパートの前に吹奏楽部のメンバーがぞくぞくと集まってきた。みんな、まだ見ぬなにかを取り囲むようにしてざわついている。

ハルタが緊急の招集をかけたのだ。

受験勉強中で一番迷惑のはずの片桐部長がまっさきに駆けつけて、懐中電灯を提げた恰《かっ》好《こう》でぽうっと呆《ほう》けている。

「あれが上条の姉か。南風…………いい」

そのお姉さんとハルタと天野さんは、アパートを見上げてなにかを相談していた。天野さんの手には工具箱があった。

私服姿の成島さんとマレンが最後にやってきて、全員が揃った。気づいたハルタがふたりに駆け寄り、申し訳なさそうにぺこぺこ謝る。

「ごめん、ふたりとも。両親との約束があったのに、こっちにきてくれて」

「いいわよ。済んだから」成島さんが気にしない素振りでいった。「……それより本当なの？ いまの私たちが、ぜったい目にしたほうがいい奇跡が今夜このアパートで起こるって。県大会も近いのよ」

なんとハルタは肝心な部分を伏せたまま、みんなを集めたのだ。天野さんにも伏せてあるし、わたしだって教えてもらっていない。実際に、この目で見たほうがいいと——

唯一真相を知るマレンが、緊張した面持ちで口を開く。

「上条くん。僕にはまだ信じられないんだけど……」

「両親はなんていっていたの？」

マレンは英語でこたえた。

「Fantastic」

「だろうね。だから呼んだんだ」

ハルタがみんなを集合させ、お姉さんを先頭にアパートの鉄階段を上って行く。天野さん、わたしとカイユ、マレンと成島さんと片桐部長があとにつづいた。先に進むお姉さんとハルタの背中はわくわくしていて楽しそうだった。

「……姉さん。効率よく『落とす』ことなんてできると思う？　どこかで『詰まる』と思ったから、あのときはいわなかったけど」

「立場的にはできないといいたい。が、あれは形が『均一』だ。コースを並列に分けたガイドに傾斜をつけて、まんべんなく四方の壁に振り分けて落とす設計にすれば問題ないんじゃないか？　自重で崩れる仕組みになっているかもしれないし、もしかしたら地震といった自然災害をも味方にできたのかもしれないぞ。もっともお前の妄想が本当なら、最初から建築基準法なんて眼中にないんだ」

「改築を担当した工務店を先に調べたほうがよかった？　連絡先なら間取り図にあったけど」

「お祖父さんの幼なじみが経営しているんだろう？　どうせ口はかたくて、秘密を墓まで持っていく仲だろうな。先にこたえ合わせするより、事前情報なしで驚いたほうが、お祖父さんの遺志に叶《かな》うと思うよ」

「そうだろうね……」

「究極のヴァナキュラー・モダニズムか。ある意味そうだな」

お姉さんが悔しそうに舌打ちしている。しかし気分は悪くないようだった。気になるのは、ふたりの間で「落とす」とか「詰まる」とか「均一」という意味不明のキーワードが交わされていたことだ。

三階の家主の部屋の前に着くと、ハルタが工具箱を持つ天野さんにたずねた。

「あの間取り図の原画について、お祖父さんの幼なじみから、なにかいわれませんでしたか？」

「そういえば通夜の席なのに、口に手を当ててにやにやしていました。何度か入れ歯を落とすぐらいに……」

え。なに？　にやにやって、どういうこと？

「これですべてのパズルのピースがはまったわけだ。はたして偶然だろうか？」お姉さんもにやにやと微笑んでいる。こんな顔ができるひとだったんだ。

「ぼくの妄想が正しかったら、アパートを売却しないで済むかな？」とハルタ。

「すでに私は、お前の偉大な妄想を支持しているぞ」

天野さんに部屋の鍵《かぎ》を開けてもらい、照明をつけてひとりずつ中に入る。すぐにハルタとお姉さんが二手に分かれた。部屋の壁を両手で触れ、拳《こぶし》で小突きながらなにかの見当をつけている。

「春太、すごいぞ」

「うん。こっちもだ」

ふたりは興奮していた。

「足下のほうは明らかに音が違う。三階まで『貯まって』いるんじゃないのか？」

「たぶんね。ぼくが天野さんのお祖父さんなら、そこまでやりきらないと、安心して天国にいけない」

「え……」と天野さんが戸惑う。

次第にお姉さんの鼻息が荒くなる。

「壁紙を剝《は》がせる場所が、きっとどこかにあるはずなんだ――」

部屋をうろうろ歩きまわって、やがてお姉さんが立ちどまったのは、亡くなったお祖父さんの畳の部屋だった。

みんなで集まって壁の一部分を注視する。壁に薄く、正方形の切り目がある。お姉さんは爪を立てて慎重に外した。そこに縦五ミリ、横三センチほどの奇妙な長方形の穴が開いていた。

なんだろう……

わたしはどこかで、こんな長方形の小さな穴を見たことがある。

・間取り図に存在しない一部屋。
・外壁と内壁が存在する防音仕様。
・家主の部屋が三階にある理由。
・僧侶《そうりょ》の幽霊の噂。一階と二階で聞こえるチリン、チリンという錫杖《しゃくじょう》のような音。
・音がこもる現象が、時系列的に一階全体、二階全体とつづいたこと。
・お祖父《じい》さんが間取り図に遺言を書いた真意。

「……上条さん、この穴はいったい？」

天野さんがお姉さんに詰め寄る。

「お祖父さんは意味があってあの間取り図を天野さんに託したんだ。あれは遺書でもあり、宝の地図でもあるんだ。実子たちには遺したくなかったんだろうな。アパートを改築した西暦もヒントになっている」

天野さんは首を左右にふってわからない顔を返した。

「実際に見たほうがインパクトがあるんだ。たぶんお祖父さんもそれを願っていたんだと思う。おい、春太――」

お姉さんの合図で、ハルタが工具箱から大工斧《おの》を取り出して構える。

「私が責任を持って修繕する。壁にすこし穴を開けるぞ。——やれ、春太」

ひざまずいたハルタが大工斧を振りかざし、ガッガッと足下に近い壁を崩していく。壁の破片が飛び、粉が舞った。ハルタの額から汗が流れ、やがてボロッと穴が開いた瞬間、なにかが勢いよくじゃらじゃらと飛び出してきた。

え？　わたしたちはいっせいに息を呑《の》んだ。

キラキラと光り輝く桐の花の図柄——それは大量の五百円硬貨だった。

ハルタが大工斧を下ろして真相をいった。

「このアパートそのものが五百円玉貯金箱になっていたんだ。強い意志がないとやり遂げられない貯金箱、ぜったいに壊せない貯金箱です」

貯金箱というのはえてして意味のないもの。わたしだって五百円玉貯金箱を買ってもらって、すぐに開けてしまい、お母さんに叱られたことがある。

小さな我慢の積み重ね。

わたしはそれが苦手だった。みんなだって、県大会に向けた練習で根を詰めすぎていて、いつ気がゆるんでもおかしくない状況だ。

でもこれは……信じられないけど、スケールが違いすぎる！

「すごいな。こんなの一生のうちに、そうそう見られるものじゃないよ」

カイユが呆気《あっけ》にとられていった。

片桐部長も成島さんも唖然《あぜん》とひざをつき、壁から崩れた五百円硬貨の山をすくい上げて、じゃらじゃらとこぼしている。

「……一階から三階分までか？　これは夢か」と片桐部長。

「……こんなに貯まるものなの？」と成島さん。

興奮したマレンは両親に電話をして、一年生部員を連れてきた後藤さんが「ひゃあ」とびっくりした声をあげる。

お姉さんが屈《かが》んで、五百円硬貨を一枚つまみ上げた。

「防音目的に改築されたようだが、実際に欲しかったのは外壁と内壁にある隙間だったんだよ。アパート全体に張り巡らされた奇妙な空間を、間取り図上で五番目の部屋と称したんだ」

「……じゃあマレンが調べた一九八二年っていうのは？」

わたしが聞くと、ハルタがこたえてくれた。

「一九八二年は五百円玉が発行された年だったんだ。年表に載るほどのニュースだから、この壮大な計画を思いついたきっかけになったのかもしれないよ」

「じゃあ僧侶の幽霊は？」

「錫杖のような音でしょ？　おそらく三階から落とされた五百円玉がぶつかる音。チャリーン、チャリーンって」

想像してみた。そのあまりの馬鹿馬鹿しさにぽかんとしてしまう。お姉さんがくすっと笑って補足してくれた。

「膨大な数の五百円玉が壁の中に敷き詰められたら、当然防音効果も変わってくる。だから下の階からじょじょに部屋の音がこもるようになったんだ。……それと、このアパートの名前が『アサマ山荘』というのは、お祖父さんのしゃれにならない思いつきだったかもしれないな。警察によって強行的に建物が解体されるイメージがどうしてもあるから」

「毎日貯金してたの？」

「常に幽霊騒ぎがあったんだろう？　おそらく一九八二年がスタートだ。最低でも五百円×三百六十五日×二十八年で、五百万円を超える。このアパートの壁面積から考えると、それだけじゃ済まないだろうな。僧侶の幽霊がたくさんあらわれた日もあるんだろう？　あの間取り図を遺書として遺したからには、アパートを相続して維持するのに不足のない金額が貯まっていると思う。いろいろと法に触れそうなデリケートな問題になるかもしれないから、リフォームの際は私も協力するよ。おそらく最小限の手数で取り出せるはずだ。アパートを覆い隠すブルーシートが必要になるな」

わたしは五百円硬貨が派手に散らばった畳の上を歩く。何度見ても、深いため息をついてしまうほどの圧巻の光景だった。

「すごいけど、なんでこんなことをしたの？」

「実子との遺産問題が絡むから、預金で残せなかったんだ」

お姉さんが部屋の様子を写真に撮りながらこたえてくれる。

「……いえ。私に手本を見せようとしたんです」

背後から震える声が届いた。ふり向くと、それまでずっと黙っていた天野さんがひざをついて顔を覆っている。

「くだらない。本当にくだらないよ、お祖父さん……」

天野さんの頰を伝って、しずくがぽたりと畳の上に落ちた。

十の秘密

ほら、また「ちくしょう」なんて汚い言葉をつぶやいてる。ナナコには似合わないよ。

私ははっと顔をあげた。

彼女はいつものように私に微笑んでくる。そう、あの頃からずっと……


二年前の秋を思い出す。

あの頃の私たちは自他ともに認める駄目な女子高生に成り果てていた。学校との唯一のつながりだったクラブ活動も先輩が問題を起こしてみんな辞め、一年生が九人しか残らなかったから当然だ。部室を溜《た》まり場にして、男やおしゃれの話ばかりしていた。下を向いて携帯電話をいじるだけで、当たり前のように時間が過ぎていくことになんの疑問も持たなかった。

そんなときだった。彼女が突然入部してきたのは。

どう見ても場違いだった彼女は、親にも先生にも他校の男子生徒にも馬鹿にされていた私たちに希望と目標を与えてくれた。そして必要なのは知識や力ではなく、変わることであることを自らの生き方をもって教えてくれた。

そういえば、だれからも期待されていなかった私に部長をやれといわれたときは驚いた。なんで私が？　と嫌そうに返すと、彼女は「あなたを味方にすると今後やりやすくなりそうだから」と平然とこたえた。唖然《あぜん》としたけれど、私は自分に役目というものがはじめて与えられて、本当はうれしかった。

それまで私たちはなにも考えずに生きてきた。勉強なんてまるでしていなかったから大学進学はすでに諦《あきら》めていたし、卒業して働くようになれば嫌でもいろいろ考えることが増えてくる。だからいまだけは、考えるのはやめて楽しようと決めていた。

彼女はそんな私たちの背中をそっと押してくれたのだ。

ステージの上で重なった旋律が一瞬で消えてなくなるように、十代の喜びも、辛《つら》いことも、長い人生の中では儚《はかな》いものかもしれない。だからこそ真剣に打ち込めば、一期一会という言葉をしっかり胸に刻み込むことができる。私たちはたぶん、これから先どんなことがあっても、褪《あ》せることのない大切な宝物をつくることができたんだと思う。いつもそばにいてくれた彼女も同じことを感じていたと信じていた。

そうして迎えた高校生活最後の夏……。

私は彼女から秘密を告白された。

想像を絶する告白だった。彼女に頑張れなんていえなかった。いわれなくても頑張っているのだ。だけど世の中にはそれしか声をかけられない惨めな状況があって、どうすればいいのかわからなくて、途方に暮れた私のほうが泣いてしまって彼女に慰められた。

でもね、いまは落ち着いている。あなたのおかげで私たちは変わることができたんだよ。

あのときの九人のメンバーの結束はかたいんだ。

だからあなたの秘密をみんなで分けることにする。

私たちは馬鹿で、それしか思いつかないけど、どうかわかってほしい。

今度は私たちがあなたの背中を押す番なの。

＊

・一の秘密　実はナナコは真性のドケチで、お金にがめつい女子高生である。なんと彼女は部長権限を乱用して、メンバーにカンパを命じている。

「ちょい待ち」

自動販売機でペットボトルの冷たいお茶を買おうとしたときだった。いきなり背後から肩を叩《たた》かれて、危うく「ひゃっ」と声をあげそうになる。

ふり向くと、わたしより背の低い他校の女子生徒がちょこんと立っていた。思わずじろじろ眺めてしまう。だれが対峙《たいじ》してもきっとこうなるに違いない。ドリルと呼ぶにふさわしい栗色の縦の巻き髪、目のまわりは真っ黒で、睫毛《まつげ》にマスカラをかなり重ねている。ただでさえ瞳《ひとみ》が大きくて小顔だからバービー人形に似ていた。つまりなにがいいたいかというと、流行のティーン雑誌から飛び出してきたかのようなギャルが目の前にいる。

問題はこの場所が、吹奏楽コンクール高校の部、県大会B部門の会場であることだ。

「ねえ、午後の部？」

彼女は親しげな口調でたずねてきた。わたしの目は釘付《くぎづ》けのままだ。こうも立派なくるくる巻き髪を目の当たりにしてしまうと、お母さんの嫁入り道具の中にあった『ベルサイユのばら』という古い漫画の単行本を思い出す。このひとも銃弾を受けて華麗に戦死してしまうのだろうか。だったら泣けてきちゃうな。――はっ。いけない。あまりの喉《のど》の渇きで頭がどうにかなりそうだった。彼女の問いかけに対して慌ててうなずき返すと、彼女はにこにこして、

「清水南高校でしょ？　演奏番号二十六番」

と軽やかな声でつづけた。よく見ると彼女は唇にリップをつけていない。ようやく胸にあるリボンに気づく余裕ができた。出場校の生徒に配られるもので、わたしの胸にあるリボンと同じ。……まさか。

「そ、そうだけど」なんとか平静を保つことができた。

「やった、ビンゴ。私たちも午後の部で二十五番。去年、出ていなかったよね？　午前中

のこんな時間から会場入りしているなんて、うちの学校と清水南高くらいじゃない？」

わたしは密《ひそ》かに息を呑《の》む。コンクール慣れしていなくて浮き足立っているわたしたちは、学校で朝練を終えてから新幹線で早めに会場入りしていた。楽器搬入まで三時間ほど時間は空くけど、草壁先生がいといっていたし、午前の部の出場校の邪魔にならないよう他校の演奏を聴いたり会場の雰囲気を知っておこうと思っていた。

いまの台詞《せりふ》……。彼女の高校は県大会の常連なの？　そんなわたしの戸惑いをよそに、彼女は自動販売機のほうに指をさした。爪はまんべんなくマニキュアされていて、きらきらとデコレイトされている。わたしは上を向いてまぶたを閉じた。どうか夢であってほしい。

「あのさ、やめたほうがいいよ」

「え」わたしは顔を戻し、間の抜けた声を返した。

「いくら暑いからといってさ、冷たいお茶はよくないって。去年の県大会でお腹を壊して、とんでもない事態になった子を知ってるよ」

「……とんでもない事態？」

「うん。大変だったよ。もしステージの袖《そで》で待機中だったら最悪なことに」

その光景を想像してしまい、身震いしそうになる。いままでの苦労がぶち壊しだ。彼女はわたしの不安を読み取った様子でうんうんとうなずき、背中のおしゃれなリュックから、ぬらりとでかいペットボトルのお茶を取り出した。わたしが買おうとしていた銘柄と同じで二リットルサイズのものだった。

「ぬるめだけど、これならお腹を壊さないから」

両手でずっしり受け取る。ちゃんと蓋《ふた》がしまっている新品だ。彼女を見直した。わざわざ親切にアドバイスをしてくれたし、悪いひとではなさそうだった。

「……いいの？」

「うん。二百円でいいよ」

「ありがと――」わたしは眉《まゆ》を顰《ひそ》める。「いま、なんて？」

「あなたが買おうとしていたお茶は五百ミリリットルで百五十円。四倍の二リットルで二百円なら、安いと思わない？　コンビニで買うより安いよ」

確かに安いかも。一瞬でもそう思いかけたわたしは、いやいや待て待てと首を左右にふる。

「だ、だってこんなに飲めないし」

彼女は大袈裟《おおげさ》なしぐさでため息をついてみせると、今度はリュックから、真新しい紙コップをいくつか取り出してわたしに無理やり渡した。

「そんなの、仲間と分け合えばいいじゃない。なんならお金をすこしもらったっていい。一杯百五十ミリリットルとして二十円ってところかな。十人に分ければペイできて、しかも五百ミリリットルはあなたに残る計算だよ？　みんながハッピー、あなたもハッピー、ついでに私もハッピーで、これってビジネス新用語でWIN・WIN・WINの関係っていうのよ。知らなかった？」

もにもにと彼女は携帯電話の計算機機能を使いながら喋《しゃべ》っている。頭がいいのか悪いのかわからなくなってきた。しかしなるほど。ハルタやカイユなら売れるかもしれない。しかもこれってエコだ。エコの正体を知りたいのはわたしがエゴだから？　目の前の奇妙なギャルといい、会場に着いてからの蒸し暑さといい、お小遣いが底をつきかけていたことといい、思考がねじれて……

「お買い上げありがとうございました！」

気づくと彼女に二百円を払っていた。わたしは二リットルサイズのペットボトルを抱え、たったったと駆けていく彼女の後ろ姿を茫然《ぼうぜん》と見送った。

「おーい。チカちゃん」

出場校の生徒たちの雑踏の中から聞き覚えのある声が届いた。ぼんやりした表情で首をまわすと、ハルタが手をふってやってきた。すでに受付を済ませて、制服の胸の部分に出場校のリボンをつけている。

「捜したよ。どうしたの？　なにそのでっかいペットボトル」

ハルタが素朴な口調で聞いてきたので、わたしははっと我に返る。

「二百円で売ってくれた親切なひとがいたの。すごいでしょ？　お得でしょ？」

ハルタはまじまじとペットボトルのお茶を観察した。「二百円で？」

「もう激安だよね」

ハルタの口からはぁと吐息が出る。「……そうかなあ。チカちゃんは料理は得意だけど、買い物はお母さん任せだからな。その銘柄のお茶だったら、量販店に行けば二リットル百五十円以下で買えるよ。底値は百二十円台とみたね」

高校生のくせにひとり暮らしをしているハルタにいわれると、妙に説得力がある。

「なんですってぇ」わたしが情けない声を出すと、ハルタは同情する目を返して、犯人捜しをするように会場内を見まわした。「いったいだれなんだろうね。ずいぶんセコい気がするけど……」

彼女の目立つ特徴をいおうと、口を大きく開きかけたときだった。

「あっ。いたいた」

今度はカイユがうれしそうに、二リットルサイズのペットボトルと紙コップを胸に抱えて雑踏の中からやってきた。

「ねえこれ見てよ。ぬるいウーロン茶だよ。一杯三十円でシェア……」

わたしとカイユは、四つん這《ば》いになってうなだれた。

・二の秘密　清新《せいしん》女子高等学校吹奏楽部の強さの秘密は努力や練習量だけではない。ここだけの話、ユカりんが提供するパワーストーンにもある。まじで。

静岡県吹奏楽コンクール高等学校の部。今年の県大会は浜松《はままつ》にあるアクトシティ大ホールで行われていた。東部、中部、西部の地区大会を勝ち抜いた二十八校が集まり、B部門での最上位大会——東海大会の出場を目指して演奏を競い合う。本格的なオペラや歌舞伎も上演できる施設だけあってホワイエも広くて立派だ。設置された大型液晶テレビには、ホールで演奏中の高校がリアルタイムに映し出されて人垣をつくっている。

十時の開演から休憩を挟んで一時間半が経ち、午前の部の八校目の演奏が終わろうとしていた。当たり前の話だけど、地区大会で見られた「吹いてるフリだけ要員」を抱える姑《こ》息《そく》な高校なんてない。さすが県大会だと実感する。

進行はタイムテーブル通りにきっちり行われていた。

ホワイエには午後の部に出場する高校の吹奏楽部の生徒が到着しはじめ、ぴりぴりとした緊張感を漂わせている。緊張感がアホみたいに抜けているのは、二リットルサイズのペットボトルを持て余しているわたしとカイユくらいだった。

「なんなのよ」

わたしはつぶやいて腕時計に目を落とす。事前に配られたタイムテーブルでは、わたしたちの高校の楽器搬入は午後二時十分からだった。そこから集合、チューニング、袖待機、演奏、楽器搬出まで分刻みの進行で、日常では滅多に味わえない売れっ子タレント並みのスケジュールが待ち構えている。

人垣から離れたわたしはテレビの映像を思い出した。ステージで演奏する出場校が七分という限られた時間の中で、じょじょに上気し興奮しつつ演奏している姿がはっきり感じ取れた。高校からフルートをはじめたわたしにとって、ライバルたちが巧《うま》く見えてしまうのは仕方ない。驚いたのはホールの聴衆の数だ。地区大会のときと比べて度胸がついたのか、ギャラリーがあれだけ多いとかえって燃えてくる。中学時代のバレーボール部でスタメン出場していた頃を思い出した。

「先輩、先輩っ」

一年生の後藤さんが、ぬるそうな二リットルサイズのペットボトルのスポーツ飲料を抱えてやってきた。脱力した。おまえもか。

「はぐれてどこ行ってたの？」

「え……。なんだか落ち着かなくて、会場のトイレに籠《こ》もって、アライグマみたいに洗面所で手を洗ったり歯を磨いたりしていたんです。どこも結構混んでいたから、すこし離れた場所まで行っちゃいましたけど」

演奏前に歯を磨くのはわかるけど、わたしたちの出番はまだ先だし、これから昼ご飯だって挟む。県大会の本番前で緊張しているのだ。

二リットルサイズのペットボトル飲料を見せ合い、お互いため息をついた。

「先輩。これを売った生徒の学校がわかりましたよ」

「どこの高校？」

「きてください」

後藤さんが興奮気味にわたしの腕を引っ張るのでついていった。絨毯《じゅうたん》敷きのホワイエから共用ロビーに移ると、肩と肩がぶつかり合うほどの混雑になる。壁にポスターが並び、スタンド花が綺麗《きれい》に飾られている場所で、さっきとは違う熱気の人垣ができていた。なぜか携帯電話を縦に横にと構えるひともいる。その中でハルタが一生懸命背伸びしていた。彼は人垣が囲む先——共用ロビーの中心でたむろしている集団を見て、唖然《あぜん》とした表情を浮かべている。

ハルタの動揺をわたしも理解した。

明らかにミスマッチで場違いなギャル集団が、制服の胸の部分に出場校のリボンをつけてかたまっていたからだった。こんがりと小麦色に焼けた肌。パンツが見えそうなくらいの短いスカート。メッシュを入れてコテで巻いている明るいロングヘア。靴はローファーで皆、踵《かかと》を踏みつけている。

「セイジョですよ、先輩」

わたしの背後に隠れる後藤さんが小声でいった。ペットボトルの先端がごりごり背中に当たって痛いんですけど。

「セイジョ？」

「東部の清新女子高。去年まで無名だった高校みたいです」

東部？　どこかで聞いたような……。後藤さんの説明はつづく。

「二年連続で県大会に出場。信じたくありませんが、今年の金賞枠確定だってトイレで噂していたひとがいました」

あれが？　嘘でしょ？

(——勢いのあったのは東部だな。台風の目というか、高校吹奏楽の革命児というか……すごい女子高があったぞ。もう傑作だ)

地区大会で会った渡邉さんの言葉を思い出す。

いやいや、まさか……

ギャル集団を遠巻きにする人垣は若い男ばかりだった。携帯電話のカメラ機能で彼女たちを撮影しているひとが何人もいて、いい歳をした大人も交ざっている。

不思議に思った。彼女たちは皆、携帯電話のレンズを向けられて迷惑そうな顔を浮かべていた。この会場であんな目立つ恰好《かっこう》をして、人通りの激しいロビーの中心にいるほうが悪いのに。彼女たちの個性はわかりやすさを求めている反面、安易に理解されることを願っていないような気がした。それって、どこか矛盾している……。

彼女たちの中に、わたしにお茶を売りつけた巻き髪ベルサイユの女子生徒はいなかった。でも制服は同じだ。注意深く首をまわして捜していると、パンダみたいな化粧をした小柄なギャルと目が合った。見てはいけないものを見たと思い、慌てて視線を逸《そ》らす。恐る恐る視線を戻すと、彼女はわたしのほうを指さして、隣にいるチョコボールみたいな色黒ギャルの制服を引っ張っている。昔やったことのあるドラゴンクエストというテレビゲームの戦闘場面を思い出した。

〈パンダギャルは仲間を呼んだ！〉

なんなのよ？　ふたりは集団から外れ、肩を怒らせてやってくる。棍棒《こんぼう》を持たせたら完《かん》璧《ぺき》だ。剣はどこ？　チョコボールギャルは口を尖《とが》らせ、顎《あご》を突き出して開口一番いった。

「なにさっきから、ガンつけてんのよ」

「見てないって！」

とんだいいがかりで思わず頓狂《とんきょう》な声を上げてしまった。ふたりの視線はわたしの背後に注がれている。あれ？　わたしじゃないの？　怖々とふたりの視線を追ってみると後藤さんがわたしの背中に隠れて、ふーふーと鼻息を荒くしながら果敢に睨《にら》みつけている。だれか助けて。

「す、吹奏楽の神様に謝れ……」

後藤さんはわたしの背中に顔を押しつけ、震える声を吐き出した。腹話術人形にされた気分だった。案の定ふたりは標的としてわたしを選んだようだ。

「私たちが一番ムカつくこと教えてあげようか？　おしゃべりな視線なの。あんたたちの視線から、面と向かって口にできないような安い言葉があふれてるのよ」

「やっすい言葉がね！」

〈逃げる〉というコマンドを使いたかった。

「ほら、なにかいってみなさいよ！」

「いえっての！」

パンダギャルとチョコボールギャルに一方的に責められ、このまま黙っているのも癪《しゃく》だし、かといってコンクール会場で喧嘩《けんか》するつもりはないので、無難な言葉でいい返してみることにする。

「いやぁ、その……みんな、揃いのアクセサリーが可愛いなぁと思って」

パンダギャルとチョコボールギャルが顔を見合わせる。ふたりの眉間《みけん》の険しさがすっと消え、こっちを向いていきなり相好を崩した。

「やっべ、気づいた？　気づいちゃった？　うちらの秘密に」

「いってみ、いってみな。真似してもいいよ。ユカりんに許可もらってあげるから！」

ジェットコースター並みの感情の起伏で、一方的にテンションを上げまくるふたりがわたしの肩をゆさゆさと揺らし、背中では後藤さんのペットボトルの先端がごりごり当たる。ああ、もうなにがなんだか。

「それ、ぼくも気になっていたんだ」

横合いから口を挟む男子生徒があらわれ、ふたりがぎょっとした表情でふり向く。見かねて助けにきてくれたハルタだった。後藤さんはヤドカリの引っ越しみたいに今度はハルタの背中に隠れる。

「ネックレスだったり、髪留めのピンだったり、みんな綺麗な石のついたアクセサリーを身につけているよね。同じ紫色のようだし、もしかして揃えているの？」

「……な、なにこのイケメン？」

パンダギャルはハルタの話をぜんぜん聞いていなかった。チョコボールギャルが彼女の制服を引っ張り、耳元で低いトーンの声でささやく。

「セイジョ吹奏楽部、鉄の規律をいってみな」

パンダギャルがはっとする。「一、すっぴん厳禁。二、言い訳禁止」そして上を向き、悔しそうにまぶたをきつく閉じて、「……三、プログラムが終わるまでオトコ断ち」

「わかってるよね、あんた？」

チョコボールギャルはパンダギャルを肩で押しのけ、ぽかんと眺めるわたしとハルタの前に立つ。彼女は首に下げたネックレスを指でつまみ、掲げて見せてくれた。次はどんなコントがはじまるんだろう。

「これが必勝の秘密。ユカりんが選んだパワーストーンはまじやばい。これを身につけてはじめてセイジョ吹奏楽部の一員になれるんだ。今年はエメラルドの予定だったけど、急《きゅう》遽《きょ》アメシストに変更したんだけどね」

「エメラルド？　アメシスト？　高校生には高い買い物だな」ハルタが呆《あき》れたようにこぼす。

「……だよね」とつづくわたし。

「いやいやいや」とチョコボールギャルは首を横にふった。「意外とおしゃれを知らないんだね。石は小さいし、カットも凝ってないから数千円ってとこよ。しかもユカりんのママに頼めば一括で安くしてもらえる」

へえ、とおしゃれを知らないわたしは小さなアメシストがついたネックレスを観察する。結構綺麗かも。

「パワーストーンって効果なんてあるの？」

思わず本音が出た。チョコボールギャルの表情がさっと翳《かげ》る。機嫌を損ねたのは見てわかった。まずい。

「あ、あると思うな」ハルタがすかさず助け船を出してくれる。「ほら、太古からさ、人間は石に神秘的な力を感じてきた歴史があるんだよ。宗教の中でも大きな意味を持っているんだ。そのものに意味があるんじゃなくて、身につけているひとの信仰心によって意味をつくるんだと思うけどな……」

「た、確かに団結力が出そう」わたしも船を一生懸命こいでみる。

パンダギャルとチョコボールギャルはふくれた顔でわたしを見つめていた。やっぱり怒っている。素直に謝ろうとしたとき、ふたりの目の中に一瞬だけ濁りのない色が浮かんだ気がした。

「団結か。よくわかんないけど、あんたいま、いいことをいった気がする」

「だね。あんたが敵じゃないことだけはわかった」

そういってふたりは、移動をはじめた仲間のあとを追いかけていった。ハルタがふうと胸を撫《な》で下ろしている。

わたしはひとり納得していた。最初に感じた疑問と矛盾点――

周囲を敵か味方かで測っていたのだ。彼女たちがよりどころにしようとする人間関係が、ほんのすこしわかった気がした。

・三の秘密　自由気ままなイメージは表の顔である。実は厳しい規律と言論統制が敷かれていて、「だるい」や「疲れた」という日常会話、「打ち上げ」も禁止。

二階のホワイエにある売店の前で渡邉さんを見かけた。東海五県のコンクールの取材をしているフリーライターだ。人混みをくぐり抜け、牽制《けんせい》のつもりでハルタと一緒に後ろから「わっ」と声をかけておどかすと、前のめりに転ぶ勢いであたふたした。どうやら携帯電話でだれかと連絡を取っていた最中らしく、「あ、いま知り合いがきたので……。ええ、間違いなく送金しますから」といって切った。

「す、すみません」

仕事の邪魔をしたと思ったわたしは慌てて謝る。

「いや。礼をいうよ。相手が長電話で困っていたんだ。ところで、噂のギャルバンとはもう会ったか？」

「ギャルバン？」

口に出してから理解する。ああ、彼女たちのことか。

「清新女子高校吹奏楽部。君たちがこれから成長したいんなら、彼女たちのことを知っておいたほうがいいと思うんだがな」

渡邉さんは草壁先生のことを記事にしようとしている。ていよく話を逸らされた感じがしたが、気になる言葉があった。わたしたちの成長のため……。ってどういうこと？

渡邉さんはネクタイを人差し指で緩めながらつづける。

「彼女たちは去年の県大会では初出場で銀賞を受賞している。東海大会への出場は逃したが、話題性では一番だったよ。今年は六月にあった中部日本吹奏楽連盟と中日新聞社が主催するコンクールに出場している。これも優秀賞を逃したが、会場にいたマスコミの注目を浴びたのは彼女たちのバンドだ」

そこまで聞いて、反発したい気持ちがむくむく湧いた。思わず口から出る。

「真面目に練習して、優秀賞を獲《と》った高校を差し置いてですか？」

渡邉さんが短く苦笑した。地区大会のときもそうだったけど、どうもわたしの反応を見るのが楽しいようだ。

「ふざけたギャル集団と思っているだろう？　まあ、だれが見てもそうだが、そんな色眼鏡で見るのはもったいないぞ。数ある出場校の中でも、あそこまで封建的な上下関係を置くバンドはめずらしい。部内の規律もかなり厳しいそうだ」

本当にそうなのかと疑ってしまう。パンダギャルは「プログラムが終わるまでオトコ断ち」と舐《な》めたことをいっていた。プログラムってなによ？　今日が終われば乱れた生活に戻るっていうわけ？　やっぱりふざけている。

渡邉さんは腰に手をあて、ハルタに目を移した。

「君なら事前に配られた今日のプログラムを見て、B部門の編成で『こうもり』を演奏する高校があることに違和感を覚えたはずだ」

ハルタが無言でうなずいていた。こうもり……。そういえば、経験者の成島さんやマレンも話題に出していた覚えがある。とくにカイユが興奮していた。

「彼女たちが選ぶ自由曲は一貫していて、必ずオペレッタの楽曲なんだ」渡邉さんがいった。

「オペレッタ？」とわたし。

「喜歌劇のことだよ。軽妙な筋と歌をもつ娯楽劇で、ハッピーエンドで終わるのが主流だ。数あるウィンナ・オペレッタの中でも有名なのが『こうもり』で、A部門の編成でも高度な技術を要する曲目だ。それを彼女たちは二十人で演奏する。プロではないアマチュアが少人数で、しかもコンクールという場でこの楽曲を選んでいる」

「二十人……」ハルタが考え込む顔をする。「その編成で地区大会を勝ち上がったんですか？　パーカッションはどうするんです？」

「詳しそうだね」

「昔、ぼくが聴いた限り、スネア、シンバル、ティンパニ、ウィンドチャイム、トライアングルはどうしても外せない。人数を削るんだったら兼用でやるか、断腸の思いで間引くしかないけど……」

「ふたりでやるんだ。それでも薄さを感じさせない」

「ふたり！　いったいどうやって？　部員の演奏技術が高いんですか？」

　こうもりを二十人で、パーカッションをふたりで演奏することがどれほどのことかはわからない。でもハルタの驚きようなら、すくない金賞枠を獲り合う競合校がひとつ増えることになる。今大会の意外な伏兵に思えた。

「いや。まだ個々の演奏技術は全国レベルに届かない。飛び抜けているのは、彼女たちが使うスコアだよ」

ハルタが意表を突かれたように黙り込む。え？　え？

「スコアがいったいどうしたっていうのよ」

わたしがぼそっとこぼすと、ハルタが肘《ひじ》で小突いてこたえてくれる。

「あのさ、ぼくたちが使うスコアは編曲家によって吹奏楽用に修正されたものなんだよ。それを吹奏楽部の顧問の先生や関係者が、バンドの編成や演奏レベルに応じてさらに修正する」

「分解と再構築だな」渡邉さんがつづいた。「君たちのような無名高校が県大会に出場できたのは、努力の賜物はもちろんあると思うが、一部のスタープレイヤーに助けられている部分も否定できない。しかし実情は、顧問の草壁信二郎が書くスコアによって大きく支えられているんだ。スコアの差でかろうじて他の出場校とのギャップが埋まっている」

そうだったんだ。他人に指摘されるまで、ちゃんと自覚したことがなかった。ハルタはなにもいい返さずに事実を受けとめている。

いまの実力をあからさまに指摘されたようで面白くないわたしは、口を尖《とが》らせて渡邉さんにたずねた。

「それならセイジョが使うスコアってどれだけすごいんですか？」

「今後の日本の中高吹奏楽部に彼女たちのスコアが出まわる可能性がある。あそこの顧問は飾りだよ。部員のナンバー2がスコアを書いている。さっきのパーカッションの編成は、スコアのマジックといっていい」

信じられない表情をハルタが浮かべていた。わたしもだった。

・四の秘密　メンバー全員に秘密の面接があって、テレビを見ないという誓約書を書かされる。ただし映画のDVDやミュージックビデオは部長のナナコの検閲次第で認めている。

「三年生の遠野《とおの》京香《きょうか》。バンドの指揮者は彼女だ。名前を覚えておくといい。四歳からピアノをはじめ、十一歳の頃に二年間、山辺《やまべ》富士彦《ふじひこ》という編曲家に師事していた。山辺富士彦の最後の教え子で、子供嫌いの彼に師事した小学生がいたことは知るひとぞ知る事実だ。彼女には音楽センスと編曲の才能がある」

シジ……？　普段の生活では使わない言葉だ。渡邉さんの話を、ハルタは目を見張って聞いている。

「君が感じている疑問はわかるよ。彼女は音楽教育とは縁もゆかりもない清新女子高という偏差値の低い高校に籍を置いている。しかも卒業後の進路は、地元での就職を希望しているそうだ」

「……どうしてですか？」

「よくある話だ。父親の会社が倒産して、英才教育の家庭環境に変化が起きたらしい。いまは母親とふたり暮らしだ。山辺富士彦が生きていたら、彼女に最善のことをしていたかもしれないな。残念だよ」

ハルタが沈黙した。

「彼女を含めて、県内の現役高校生でまともにスコアを書ける生徒は数人ってところだ。おそらく吹奏楽の世界には見向きもしない数人だろうが、清新女子高の吹奏楽部はその貴重なひとりをバンドメンバーに加えていることになる」

そして渡邉さんは腰を曲げ、声の調子を落としてつづけた。

「君たちの高校にもその貴重な数人のうちのひとりがいるぞ。会ったことはないが、確か芹澤という名前の女子生徒だ。筋金入りのアンチ吹奏楽で、中学時代に数々の問題を起こしたと噂に聞いているから、君たちの仲間になる見込みはないだろうがね」

意外なところで芹澤さんの名前が挙がってきて戸惑った。たぶん渡邉さんは人伝《ひとづて》だけで、彼女のことをよく知らない。

芹澤さんは重度の難聴にかかっていて将来の決断を迫られている。生きていること自体が彼女にとって苦痛かもしれなくて、それでも前に進もうとしている。簡単にアンチとか仲間だとかいうのは、彼女の人格に対して失礼な気がした。わたしが知っている芹澤さんはつんつんしているけど、根は伯母《おば》思いのやさしい同級生だ。強引だったけれど、彼女と一緒にイーハトーヴォ、岩手の花巻《はなまき》まで行ったことを思い出す。

そして遠野さん……

どうしてだろう。芹澤さんといい、遠野さんといい、若くて才能があるのに、あまりに理不尽だと思った。希望の見えない世界で挫折《ざせつ》を味わいながら生きていくことに、どんな貴さがあるんだろう。わたしには重すぎてわからない。

「オペレッタ……」

ふと口を開く。ハッピーエンド……。あの言葉はわたしの胸に響いた。

「そう。よく気づいた。どん底を経験した遠野京香がオペレッタを選ぶことに意味があると思わないか？　オペレッタは楽器の連係、独特なリズムと息継ぎがとても難しい。彼女たちが築きあげた連係と結束力は、猛練習を積み重ねるだけで完成するレベルじゃないんだ。なんの分野でもそうだが、上達への近道はどれほどの反省と後悔をくり返すかだと思うよ。あの奇抜な恰好《かっこう》が吹奏楽のコンクールにふさわしくないという意見もあるが、とんでもない。一度彼女たちの演奏を『見て』『聴けば』考えが変わる」

隣のハルタは黙って聞き入っていた。

「ステージは非日常の空間だ。そんな舞台に、彼女たちのあの恰好は映えるんだよ。独特の自信に満ちあふれた姿勢も一流のサービスマンのごとく凛《りん》としているし、脱色した髪や小麦色の肌は、金管楽器の美しさを改めて引き立ててくれる。俺の本音をいわせてもらえば、ステージには日本の野暮ったい制服は似合わないと思うけどね」

わたしはとっさに自分の制服をチェックしてしまう。一方のハルタは複雑そうで、神妙に納得する顔をしていた。

「『こうもり』は打楽器を聴くのも面白い楽曲だ。複数あるべき打楽器の編成を、彼女たちは必要最小限に絞って兼用している。この楽曲には外せないチャイムの音も入れて、ホールに響くように打つ工夫もしているんだ。パーカッション担当のふたりは器用に使いこなしているよ。特に千手パンダと呼ばれている部員は見物《みもの》だ」

千手パンダ？　千手観音のような手さばきの、パンダに似た部員のことだろうか？　どこかで会った気がするようなしないような……

「リズムに合わせてミニスカートが揺れる光景も、目を奪われることうけあいだ」

最後に余計なひと言が付け足されて、夢中でシャッターを押す渡邉さんの姿を想像してしまった。

歓声とともにホールの防音扉がぶわっと開く音がして、渡邉さんが腕時計に目を落とす。

進行に狂いはないだろうから十二時半ジャストだった。午前の部が終了したことになる。午後の部の開始は一時半からだ。

「チカちゃん、行こうか」いまの話になにか感じることがあったのか、ハルタがすこし沈んだ声を出して踵《きびす》を返す。

「お弁当は？　演奏は三時四十分だから先に食べるんでしょう？」わたしはいつも通り、ハルタのぶんも用意していた。大好物のふかふか厚焼き玉子があるよ。元気出して！

「控え室が空くから、みんなと食べようか」

「ひゅーひゅー。やけるねー」

わたしの屈折した悩みをなにも知らない馬鹿な大人は放っておいて、急ぎ足になったときだった。

「おい。そこの高校生バカップル、ちょっと待ってくれないか」

「いやぁ！」本気で渡邉さんにつかみかかりそうになる。「バカは認めるけど、カップルはやめて」

「いま控え室といったな？」

わたしの訴えは見事に無視されて、ハルタがこくりとうなずく。

「清新女子高校吹奏楽部のメンバーと会えたら、これを渡しておいてくれないか。彼女たちのだれかがホワイエで読んでいて置き忘れたようだ」

渡邉さんはショルダーバッグから一冊の本を取り出し、ハルタがそれを受け取る。ブックカバーがかけられた厚めの本だった。漫画かな、とわたしは興味深く首を伸ばす。ハルタは本を開こうとしない。どうしたの？　タイトルくらいいいじゃないの？

「最低限のエチケットは心がけているようだな」

渡邉さんが感心するようにいい、わたしは恥ずかしくなって縮こまる。彼はつづけていった。

「さて。タダでいろいろと情報をくれてやったんだから、今度は君たちが俺に力を貸してくれないかな。演奏順にかかわらず、清新女子高校吹奏楽部のメンバーは朝早くから会場入りするそうだ」

ハルタが眉《まゆ》を顰《ひそ》める。「彼女たちは東部代表ですよ？　浜松市まで遠い」

「そこだ。彼女たちの中でなにかジンクスがあるのかもしれない。俺が見たときは、全員がかたまって熱心にその本を読んでいたよ。すこし面食らう光景だったが、なにか理由があれば興味はある。話を聞くことができたら、俺に教えてほしいな」

「嫌だといったら？」とハルタ。

「俺は君たちに嫌われても、利用価値の高いコネクションのつもりでいる。コネクションを無くすのは自由だが、君ならそんな不利益なことはしないと思うな」

ハルタと渡邉さんの視線がバチバチとぶつかる。わたしは？

「行こう、チカちゃん」

控え室に向かうハルタの背中を追いかけた。

「あーそうそう。草壁信二郎を見かけたぞ。おそらく清新女子高の遠野京香と一緒だ」

「え」

ハルタと一緒に立ちどまってふり返る。

「……世間は狭い。とくに音楽業界ではな」

意味ありげな台詞《せりふ》を残して、渡邉さんは一階のホールへ戻っていった。

・五の秘密　部の規律を書いた紙が部室の壁に貼ってあるが、実は裏にこんなことが書いてある。『メールの返信は三十分以内厳守。とくにトーノへの返信は五分以内に行うこと』

午後の部の出場校に割り当てられた控え室を順にのぞいていく。他の出場校の生徒が入りかけて、慌てて逃げていく部屋があった。中からやたらテンションの高い声が聞こえてくる。

うっそ、てゆうか、パねぇ、かまちょ、あとーんす。

その控え室をのぞいてのけぞった。すでにお弁当を食べ終えた清水南高のメンバーと清新女子高のメンバーが一緒にいる。ほぼ定員オーバーの状態で、縁日のヒヨコみたいな髪の頭がうじゃうじゃ並ぶ様を見ると、さっき逃げ出した生徒の気持ちがよくわかった。

「……演奏順のせいかな。よく鉢合う気がする」

ハルタがぽつりとこぼし、控え室の隅から、チョコボールギャルと成島さんが言い争う声が聞こえた。

「だからさ、ナナ姉は地元でも有名なデコレーション職人なんだって。ナナ姉がつくった携帯ストラップは高く売れるよ？　で、これがナナ姉が行き着いた最終形態なわけよ」

目もあてられないほど装飾されたクラリネットが、清新女子高の一年生の手によって恭しく掲げられる。

「それが噂のデコクラか。馬鹿にしてるのか？」

興奮する成島さんを、片桐部長が一生懸命押さえていた。

「デコクラなめんじゃねえ」

「はんぱねえぞ、輝きが！」

清新女子高の一年生たちと成島さんが喧嘩《けんか》をはじめ、かわいそうな片桐部長が巻き込まれている。

マレンはすこし離れた場所でヘッドホンを耳にあてていた。難しそうな顔つきからして、昨日のわたしたちの演奏の録音と、自由曲のお手本の演奏を聴き比べているようだ。わたしだったらへこむけど、マレンは自覚することが大切だよといってよく比較する。

「……あの。穂村先輩」後藤さんがこそこそ近づいてきて、小声でたずねてきた。「あとで歯磨き粉を貸してもらえませんか？」

「持っていたんじゃないの？」

「なんだか知りませんけど、この暑さのせいで腐っちゃったみたいなんです」

首を傾げて、荷物の中にあった歯磨き粉を後藤さんに手渡す。わたしたちに気づいたマレンがヘッドホンを外し、奥のほうに首をまわしてだれかに声をかけた。左耳に手をかけ、パイプ椅子から立ち上がる私服姿の少女がいた。

「芹澤さんっ」

わたしは条件反射で駆け寄り、犬みたいにはっはっと口を開ける。

「ちょっと、離れなさいよ。友だちと思われちゃうじゃないの」

え？　違ったの？　そんなこといわないで。すぐそばには草壁先生もいて、口に運んでいた売店のサンドイッチをおいて顔を上げた。

「上条くんも遅かったね。こっちで食べるといい」

ハルタが急いでパイプ椅子をふたつ持ってくる。草壁先生の隣に清新女子高の女子生徒がひとり座っていることに気づいた。草壁先生と芹澤さんと一緒に遅めの昼ご飯を食べていた様子だった。顔にうっすらとファンデーションを塗っているが、長い髪は染めていないし、他のメンバーと比べればずいぶん控えめな印象だ。ひざの上にサラダだけが入ったタッパーが置かれている。これだけで足りるかと思うほど量はすくない。

控え室で、彼女だけが浮いている点があった。

椅子に座る姿勢だった。顎《あご》を引き、腰骨をきちんと立てる座り方をしている同世代なんて滅多に見たことがない。物心ついたときから身体に染みついていて、そのまま微動だにせず何時間も座っていられそうな雰囲気があった。

彼女はぺこりと頭を下げ、草壁先生が紹介してくれた。

「こちらは清新女子高三年の遠野京香さんだ。副部長を務めている」

・六の秘密　鉄の掟《おきて》その二「言い訳禁止」の本当の意味は、掟を破ったメンバーにしかわからない。トーノの前で言い訳をしたら、ナナコに罰金三千円。

草壁先生と芹澤さんと遠野さん。意外な組み合わせと思える三人に、わたしとハルタが遠慮がちに交ざってお弁当を食べる形になる。

「遠野さんは指揮棒を持たないスタイルだったね。独特の指先の動きまでもが山辺先生にそっくりだ」

草壁先生の言葉に、遠野さんは苦笑いして自分の指先を広げて見つめた。小指の長さが薬指に届きそうな、白く細い指先だった。何年もかけて磨き上げられた陶器のような力強さを感じる。

「七分という短い自由曲だからできるんです。……それに、私自身も驚いているんです」

小声でぼそぼそ喋《しゃべ》っているのに、言葉ははっきり伝わってくる。

「なにを？」と草壁先生。

遠野さんは賑《にぎ》やかな清新女子高のメンバーに顔を向けた。

「みんな、部長のおかげで、まるで合唱のように情感豊かに演奏できるようになったから。指揮棒が必要ないことはすぐに気づきました」

「さっき彼女たちのスコアを見せてもらったよ。書き込みがほとんどない。君を絶対的に信頼していることが伝わってきた」

「……そんなことはないです。私のほうこそ彼女たちから学ぶことが多いです」

わたしは箸《はし》を持つ手をとめてしまう。草壁先生と遠野さん。ふたりの世界を感じた。薄くて脆《もろ》い、透明なアクリルで隔てられたような世界。入れそうで、わたしには入れない世界。ふたりの会話の中で気になる名前が出ていたけど口を挟めなかった。

遠慮をしないハルタがすこし身を乗り出す。「山辺先生って、編曲家の？」

「山辺富士彦」注意深く耳を傾けていた芹澤さんが代わって説明してくれた。「元フルート奏者で、指揮者を経てジュリアード音楽院助教授になった音楽家。確か指揮者としてはトロント交響楽団で四年間の実績があるんだったかな」

「ジュリアード音楽院……。ヨーロッパ？」

ハルタがたずねた。わたしも音楽といえばヨーロッパの印象がある。

「ニューヨークだよ」草壁先生がこたえた。「この先、もしプロを目指して留学するなら、もうヨーロッパという発想はやめたほうがいいかもしれない。ジュリアードは特待生留学制度があるから、日本の音楽学生に寛大だ。若い才能が潰《つぶ》されず、未来は開きやすい」

遠野さんに向けたアドバイスだとなんとなく感じたが、彼女はうつむいたまま黙ってしまう。

芹澤さんがなにかを察した様子で明るい声を出した。「山辺富士彦は草壁先生の恩師で、遠野さんも師事していた時期があったの。で、遠野さんと私はピアノ教室で一緒だったってわけ」そういって紙パックが扁平《へんぺい》に潰れるまでジュースを一気に吸った。

納得した。三人はそういうつながりだったのか……。

「山辺先生はどんな方だったんですか？」ハルタが質問した。

「変人」遠野さんが短く評価する。それだけ？

「ああ。まったくだ」草壁先生が懐古にふけるように微笑する。

「親近感が湧いちゃうね、チカちゃん」

「なんでそこでわたしにふるのよ」やっと会話に入ることができて、泣けてきた。わたしが介入できるキーワードは変人なのか。

でも暗い表情をしていた遠野さんがクスッと笑ってくれたので、わたしはほっとする。

笑顔が似合うひとだと思った。草壁先生が話題を変える。

「遠野さんと芹澤さんが通っていたピアノ教室はどうだったんだい？　おおかた電車か新幹線で通う距離だったと思うけど」

「私？」芹澤さんは顔をすこしかめる。「やだな。あの頃は辛《つら》い思い出しかなかったからなあ……。遠野さんは？」

話をふられた遠野さんはまぶたを閉じ、息をひとつ吐いて、

「小さい頃はピアノの前でおしっこを漏らしたくらいのプレッシャーでした。あんな感じの」

二リットルのペットボトルのお茶を口にくわえていたわたしは、ぶはっと噴き出しそうになる。

「あ……。ごめんなさい。正直すぎました」とおろおろする遠野さん。「でも本当なんですよ。変な癖がつく前に姿勢や弾き方を矯正されるの。鞭《むち》とか平気で使うし」

英才教育の苛烈《かれつ》なスパルタぶりに息を呑《の》んだ。だけど……。わたしが知らない昔の話より、彼女の目の前にあるサラダのほうが気になった。ぜんぜん減っていない。心なしか遠野さんの頬が痩《こ》けているように見えるし、寝不足がつづいているのか、目の下に隈《くま》がすこ

し浮いている。

だれかの視線を感じて首をまわすと、不安そうな表情をするパンダギャルと目が合った。
・七の秘密　まじやばい話だけど、コンクールメンバーは練習後のお茶会と称したミーティングで「白い粉」がいっぱい入った差し入れを食べるらしい。

控え室にだれかが入ってきて、清新女子高のメンバーの間でざわめきが湧く。巻き髪ベルサイユの女子生徒だった。彼女は空っぽになったリュックを背負っていた。

「――あっ。ナナ姉」

「ナナ姉っ」

「ふー。疲れた。私みたいな馬鹿が馬鹿な高校生相手に馬鹿な商売するのは本当骨が折れるよ。馬鹿ばっかりのスパイラルだね。一本九十八円で仕入れた甲斐《かい》があったよ」

彼女の問題発言に、わたしとカイユと後藤さんがひょいひょいひょいと動物園のミーアキャットの群れみたいに立ち上がる。きょとんとした彼女は悪びれる様子もなく、

「まいどあり」

とにこやかにいって、わたしたちに近づいてきた。パイプ椅子をすこしずらした遠野さんが彼女の紹介をしてくれる。

「部長の藤島奈々子《ふじしまななこ》です」

ナナコは恰好《かっこう》に反して礼儀正しくおじぎをした。草壁先生と芹澤さんがそれぞれ短く自己紹介すると、彼女の表情が微妙に揺れた。

「恩師つながり？　昔の知り合い？」

「……お邪魔だったかな」

草壁先生がサンドイッチの包装を片付けようとし、芹澤さんもつづこうとすると、

「いえ。私もここいいですか？」

ナナコがパイプ椅子を持ってきた。座る間際のほんの一瞬、舌打ちするのをわたしは見逃さなかった。ハルタも注意深く目を注いでいる。

「私の顔になんかついてる？」

上目を向けたナナコが意地悪い口調でいった。ハルタに対してだった。慌てたハルタが言葉を選ぶしぐさで、

「……みなさん、顔だけは焼いていないようですが」

「ああ」とナナコは自分の顔に指をさす。「うちのメンバーのお母さんがエステ経営してるからタダでできるの。顔を焼かないぶん、濃いファンデを使ってローライトで影をいれて、目のまわりを黒くして、付け睫毛《まつげ》にマスカラ重ねれば、セイジョ吹奏楽部員のできあがりってわけ」

わたしは感心したけれど、ハルタは物足りなそうにナナコを見つめている。

「あ、そうか。顔だけ焼かない理由だっけ？　歳とればシミになるからだけど」

「身体にできるシミはいいんですか？」食いつくハルタ。

「だって服着るからいいじゃん」

「半袖《はんそで》の服とか、水着とかは？」あーいえばこーいい出すハルタ。

「……あんた、難しいことというのね。イケメンかもしれないけど、嫌われるよ？」

ハルタがショックを受けた表情で口をあんぐり開けていた。

「あのさ、顔色って大事なの。状況や駆け引きによっていろいろ変えたりしたいわけよ、私たちは」

そのときナナコの背後で仁王立ちする生徒があらわれた。息を切らしている成島さんだった。清新女子高の一年生が大切そうに持つ、デコレーションシールがぺたぺたと貼られたクラリネットを指さしてナナコにいった。

「いくらなんでも、あれはやり過ぎなんじゃない？」

成島さんの口調には、静かな怒りが含まれていた。

「……べつにいいと思うけどな」

ふり仰いだナナコの目がすわっている。喧嘩《けんか》慣れしているように思えた。ひやひやする光景だったが、気の強さなら成島さんも負けてはいない。

「音の干渉もあるし、調律も狂うかもしれないじゃない。本来鳴るべき音がすこしでも濁ったらどうするのよ」

「ああ。私の耳で聴いてチェックしてるからいいの。ここにいるトーノにも確認してもらってる。あのさ、正直、ささいな問題なんてどうでもいいんだ」

「ささいな？」成島さんが気色ばむ。

「うん。録音物だったら大事になるかもしれないけど、私たちは障害だらけの未知のホールで演奏するでしょ？　天井の高さ、観客の埋まり具合、湿気、数え上げればきりがない音の障害が転がってる。今日のホールだって高音が意外と散りやすいことに気づかなかった？」

成島さんの目が大きく見開いた。「……経験者？」

「クラは中学の頃からやってるだけ。いまのは副部長のトーノの受け売り。で、ここから私の本音。音をつくるのは、楽器じゃなくて演奏者だと思うよ？　自分たちが愛着のある楽器を使って、持っている力を本番で八割以上引き出せれば、どんな手段を使っても私は文句はいわないけど」

成島さんは黙っていた。ナナコの主張に対して否定も肯定もせず、無言で身体の向きをくるりと変えた。

「気に障ったんなら謝る」

ナナコが成島さんの背中に声をかけ、成島さんは後ろ姿のまま首を左右にふった。それでもナナコは真摯《しんし》な声で、「ごめんね」とひと言謝った。わたしは草壁先生の顔をうかがう。ふたりのやり取りを、終始口を挟まず見守っていた。

ナナコは吐息をつき、遠野さんのサラダのタッパーに目をとめると、自分の荷物からなにかをごそごそと取り出す。パックに入った六個入りのおはぎだった。それを遠野さんのひざの上に置いた。

「トーノの好きなこしあんだよ。食べな。デザート代わりで」

遠野さんは食べられないといった表情をして、

「あの。よかったらみんなで……」

「トーノが食べなよ」

語気の鋭さに、控え室にいた清新女子高のメンバーが固唾《かたず》を呑む。畏縮《いしゅく》する遠野さんをよそに、ナナコはバナナの皮をむいて黙々とかじっている。

「大食いじゃあるまいし、いきなりおはぎを六個なんて無理でしょ」

見かねた芹澤さんも尖《とが》った声を出してナナコと目が合った。ナナコは眉間《みけん》に険しさを刻み、芹澤さんが怯《ひる》む。気詰まりな沈黙が流れて、草壁先生が仲裁しようと身を乗り出したとき、いきなりチョコボールギャルが高い声をあげた。

「――だよねっ。じゃあ、ひとつもらっちゃおうかな」

「――あっ。ユカもユカも」

示し合わせたように清新女子高のメンバーが四人駆け寄ってきて、ホッチキスでとめられたおはぎのパックを開けてしまう。彼女たちはおはぎを手づかみして口に押し込み、ナナコが呆気《あっけ》にとられる。しかし、硬さを帯びていた彼女の表情がすこしだけ解かれた。

「最近のユカりん、あごがやばくね？」

「ぶっちゃけこの一ヵ月で三キロ太った」

清新女子高のメンバー四人がおはぎをもぐもぐと頰張りながら笑い合い、なにかを訴える目で遠野さんを見た。彼女の前におはぎがふたつ残された。食べるのが本当に辛そうな横顔をしていた。そのひとつにナナコの手が伸び、彼女がはっとする。まるで子供に手本を見せるしぐさで、ナナコはおはぎを口に持っていって咀嚼《そしやく》した。

「……美味《おい》しい。みんなが食べてるんだ。トーノも食べなよ」

・八の秘密　トーノをのぞくメンバーは、ナナコ推薦の課題図書を読んで感想文を書かされている。その本は有名なホラー作家が書いている。

いよいよ午後の部が開演した。

ホワイエが再び出場校の生徒たちであふれ返って熱気に包まれる。大道具の搬入口では、演奏番号二十二の高校が人海戦術でトラックから下ろした楽器を舞台裏に運び込んでいた。十分間隔で次の高校の番になるので、さながら戦場の救護班のような慌ただしさだった。会場には腕章をつけた高校生ボランティアがあちこちに配備され、誘導や時間管理を行っていた。そんな独特のコンクールの雰囲気が否応《いやおう》なしに本番前の緊張感を高まらせる。

わたしたちはすこし離れた駐車場でトラックの到着を待っていた。

本来なら大道具の搬入口に到着している時刻で、楽器下ろしを済ませていなければならない。しかしいくら待っても、指定時刻にトラックは到着しなかった。だから演奏順がひとつあとの高校に、楽器搬入を先にしてもらうことにした。

本番直前のトラブルだった。現地出発したトラックがひどい事故渋滞に巻き込まれ、運転手がぎりぎり到着すると踏んでいたため、草壁先生への連絡が午後の部の開演直後まで遅れたのだ。

成島さんが苛々《いらいら》しながら道の先を見つめ、貴重な男手を担うマレンは腕組みして目を閉じ、ハルタとカイユは搬入前の柔軟体操をしながら待っている。予算の関係で、わたしたちの高校が使ったトラックには電動リフトがない。台車の数だって限りがあるし、楽器運搬の補助員だっていない。

「もうすぐ到着する」

草壁先生が携帯電話を切り、みんなを集合させる。時間は午後二時十分の搬入時間をとうに過ぎていた。スケジュールを押している。

「急ぎます」片桐部長がみんなの焦燥を意識しながらいった。

「急がなくていい」

「え」とみんな。

「まだチューニングとリハーサルの待ち時間がある。最悪、リハーサル時間をすこし削ることになっても構わない。楽器下ろしと搬入を急いで怪我をしないことを優先してほしい。頼む」

先生のいいたいことはわかる。だけど……。複雑な思いでうなずくと、「きたっ」と後藤さんが手をふった。ようやくトラックが到着し、いまかいまかと駐車されるのを待って、いっせいにみんなが動き出す。

トラックが駐車できた場所が悪くて、大道具の搬入口まで距離があった。

草壁先生と片桐部長とハルタが率先してトラックの荷台に入り、毛布で包んだ大物の打楽器から次々と下ろしていく。マレンとカイユが受けとめ、わたしと成島さんも手伝いながら毛布を剝《は》ぎ取っていく。ひとりで持てる楽器は一年生たちにどんどん先に運ばせた。

今日のために無理して頑張ってきた成島さんがとくに焦っている。大型のティンパニをひとりで受け取ろうとして、「きゃっ」と大きくバランスを崩した。わたしがガムテープ剝がしに手こずっている最中だった。

「馬鹿っ。落ちつけって」

間一髪で、小麦色の腕がティンパニごと倒れそうになった成島さんを支えた。顔を上げると清新女子高のメンバーがいた。

「きみたちは」

草壁先生がトラックの荷台から顔を出す。清新女子高の演奏番号は二十五で、わたしたちの直前だ。ナナコがトラックの荷台に飛び乗り、

「こっちはとっくに終わったよ。それより見てらんないから、手伝うよ」

「しかし」

「困ったときはお互い様だって。別に無理してないし、お礼だったらトーノにいって」

草壁先生は瞬《まばた》きしながらナナコを見返し、駆けつけた遠野さんにも目を移す。

「……すまない」

「いいって」

ナナコが清新女子高のメンバーにてきぱきと指示を出した。最初に手伝いにきてくれたのは八人だった。ひとり、ふたりと増えていく。統率が取れて手際がいいし、経験者だけあって頼もしい。大物の楽器を手分けして、通路を塞《ふさ》いでいるひとたちに道を空けてもらいながらステージ裏の保管室にどんどん運んでいった。人数が多いとやっぱり違う。すごい、すごい。彼女たちのおかげで楽器の搬入が間に合ったばかりでなく、次の集合時間の

午後三時五十五分まで余裕さえできた。

嵐のような楽器搬入が終わって、みんながどっと息を吐き下ろす。

「ありがとう……」

成島さんがしょんぼりした表情でナナコにお礼をいっていた。ナナコはなにもいわずに成島さんの肩を軽く拳で小突くと、身体をひるがえした。彼女と代わるようにチョコボールギャルがやってくる。

「あのさ、控え室で忘れ物見なかった？」

「忘れ物？」いわれて成島さんは思い当たる顔をした。「ああ。あの本のこと？」

本？……

「それそれ。うちって会場入りが早いし、時間があるから、持ってきちゃったんだ。ナナ姉から借りたやつだから失くすと怒られるんだよ。あの身体でジャイアントスイングをやるんだぜ？」

その恐るべしナナコは、みんなから離れた場所で草壁先生と話し込んでいる。そういえば楽器搬入の途中から遠野さんの姿を見かけなくなっていたことに気づいた。わたしは周囲を見まわす。いったいどこに行ったんだろう？

成島さんは一年生の後輩を呼んだ。駆け寄ってきた彼女たちが手提げバッグから数冊の本を取り出す。その中に、ハルタが渡邉さんから預かったブックカバー付きの本も交ざっていた。チョコボールギャルがまとめて受け取る。

「それ全部、同じ本みたいだけど……」

気持ちにすこしゆとりが出たのか、成島さんが興味ありげにたずねる。

「まあね。本は苦手なんだけどさ、ナナ姉がみんなのためにデコ職人のバイトして買ってきてくれたんだ。全員分はないから、まわし読みしてるけどね。ええと、書いたひとはだれだっけ……。確か外国人で……スティーヴン・セガール・沈黙かな?」

「は?」と成島さん。

「……いや、スティーヴン・キングだったかな?」

なんだか迷走している。

「もしかしてスティーヴン・キングのこと? ホラー小説ファンが聞いたら泣くわよ」成島さんがたしなめるように訂正する。

「そうそれ。キング、ちょーやばい」

セガール→ムシキング→キングの三段変化は、確かにちょーやばいと思った。

「私もキングが好き。一番好きなのはデッド・ゾーンかな。ミザリーは肝心なところが原作と映画で違っていたけど」

成島さんの追随する言葉に、チョコボールギャルは曖昧にうなずいて視線を落とした。

「……私は嫌い。私らが頑張って読んでるのはさ、激しい下痢を起こしてるひとに、トイレを我慢させることの難しさを説明する本なんだよ」

「ある意味、ホラーじゃないの？」

わたしが呑気《のんき》に口を挟むと、成島さんは首を傾げている。どうしたの？

「とにかくありがと。じゃあもう行くから。あんたたちも頑張って」

チョコボールギャルはナナコのもとに駆け寄り、うなずいたナナコの掛け声で清新女子高のメンバーが集結する。パンダギャルが全員が揃っているかどうか確認した。体育会系の点呼なんて久しぶりに見た。

「待って。トーノは？」

ナナコがすぐに遮り、パンダギャルが焦った様子で首をまわす。清新女子高のメンバーに動揺がひろがった。やっぱり遠野さんは、楽器搬入の途中から姿を消したようだった。

「馬鹿っ。あれほど目を離すなっていったのにっ」

感情をあらわにさせたナナコの叱責《しっせき》が飛び、

「ごめん、ごめん。南高の楽器搬入でそれどころじゃなくて――」と謝るパンダギャルがはっとした。「あ、言い訳禁止だった」

「いまはそれどころじゃないでしょ」チョコボールギャルが冷静に突っ込みを入れる。

「でも南高を助けようといったのはトーノだよ。まさか見張りをふり切るために……」

ナナコの顔がみるみる青ざめ、舌打ちして叫ぶ。

「みんな、よく聞いて。チューニングルームCの集合時間は二時四十五分。それまでトーノを手分けして捜すよっ」

清新女子高のメンバーが血相を変えて会場内に散った。

「……どうしたんだ、あいつら。もう本番前だぞ」

疲れてへろへろになった片桐部長がタオルで顔を拭《ふ》きながらつぶやく。

「なにか変」成島さんが雑踏に消えていく彼女たちの背中を見送りながらいった。「さっきの控え室のおはぎの件といい、まわし読みしている本のことといい……。『小説作法』なんてタイトル、はじめて見た」

小説作法？　彼女たちにミスマッチなタイトルに思えた。そういえば頑張って読んでるとチョコボールギャルは説明していた。吹奏楽コンクールの会場で、小説家になるための本をみんなで頑張って読む……。成島さんのいう通り、確かに変だ。

それよりもわたしには気になることがあった。彼女たちは遠野さんに対して「目を離すな」とか「見張り」とか、物騒な言葉を使っていた。

（――演奏順にかかわらず、清新女子高校吹奏楽部のメンバーは朝早くから会場入りするそうだ）

渡邉さんが知りたがっていたことを思い出す。ジンクスとは違う気がした。目を離すな、見張り……。どういうことだろう。まるでコンクール当日は朝から全員で遠野さんの行動を監視しているようだ。

ひとつはっきりしている事実があった。清新女子高校吹奏楽部のメンバーはわたしたちのトラブルと引き替えに、別のトラブルに見舞われている。

本番の時間は迫っていた。

「成島さん、いまの話を詳しく聞かせてくれないか」

横合いから割って入ってきたのは草壁先生だった。

「チカちゃん」

今度はわたしの肩をつかむ手——ハルタだった。

「セイジョのみんな、遠野さんを中心になにか深刻なことを隠していると思わない？」

……思う。彼女たちを取り巻く違和感に薄々気づいていた。彼女たちの団結に、遠野さんは加わっていない。なぜかそんな気がする。

「携帯電話を貸して。チカちゃんは地学研究会の麻生《あそう》さんの番号、登録してるでしょ？」

わたしは急いで制服のポケットから携帯電話を取り出すと、麻生美里《みさと》さんの番号のメモリを表示させてハルタに手渡す。もちろん会場では鳴らないようマナーモードにしていた。

「麻生さんに電話して、なにを話すの？」

「パワーストーンのアメシスト」

「え」

「ネックレスだったり、髪留めのピンだったり、あれを身につけて、はじめてセイジョの吹奏楽部の一員になれるんでしょ？　きっとなにかの願掛けだよ。知りたいのは、彼女たちがこのコンクールの会場でなにを願っているかだ。つながればいいんだけど……」

辛抱強く携帯電話のコールを鳴らしていたハルタの眉《まゆ》が動く。通話状態になった。

・九の秘密　コンクールメンバーはほぼ毎日のように交代で家出をしていて、理由を知らないトーノが彼女たちを匿《かくま》って家に泊めている。しかし家出をするコンクールメンバーはだれひとり、トーノに悩み事を相談していない。ただずっとトーノのそばにいることだけを部長のナナコに命じられている。

わたしたちはチューニングルームAの前で、入室待ちの状態で待機していた。列の後ろでフルートを持ちながらつま先を伸ばす。長い通路の先にチューニングルームCの閉め切った扉があった。遠野さんを捜しに散った清新女子高のメンバーは戻ってきたのだろうか。姿を見ないし、チューニングらしい音も外に洩《も》れてこない。不安になった。もうすぐチューニングルームAが空きそうなのに、草壁先生とハルタ、そしてなぜか後藤さんまでいない。本番が刻一刻と迫っているのに、三人ともどこに行ったのだろう。

ハルタは携帯電話で麻生さんと話したあと、わたしじゃなくて、まっさきに草壁先生になにかを伝えた。それからのふたりの行動は早かった。清新女子高のメンバーと同じように遠野さんを捜しに行ったのだ。

そのふたりが戻ってこない……

後藤さんまで……

待つのが我慢できなくなったわたしは、成島さんにフルートを預けてその場を離れた。

「穂村さんっ」

成島さんの呼ぶ声が背中に届いたので、

「すぐ戻ってくるから」

と一階のホワイエに向かった。

控え室を順にのぞきながら通路を走り、二階に上がったところで、女子トイレの方向に消えるナナコとチョコボールギャルの後ろ姿を見かけた。とっさに腕時計を確認する。清新女子高のチューニングの開始時刻はわたしたちより十分早い。こんな時間に呑気にトイレに行くことが解せなかった。わたしは女子トイレに急いで向かい、入口の壁に背を押しつける。中からひそひそと話し声が聞こえた。

(だからどんなに……の持ち物を探しても見つからなかったんだって)

チョコボールギャルの声だった。彼女の声はつづいた。

（………を信じようよ。今日だって朝イチから全員集合して監視してきたし、もう心配ないって）

（でも六月の中部大会で………は会場に………を持ち込んだんだ。今日はあれほど………の持ち物をチェックしたのに………。きっと私たちに見つからない方法があるんだよ……）

ナナコの声だった。ふたりは遠野さんのことを話しているのだと思った。遠野さんはいったいなにを会場に持ち込んでいるのだろう。わたしは息を殺して耳を澄ませる。

（なんで………から目を離したんだよ……）

ナナコがチョコボールギャルをなじる声。

（ごめん。でも今日は五人でずっと見張ってたんだ。……それにナナ姉は心配しすぎだよ）

（まずいんだよ。控え室で………は昔の知り合いに会っちまったんだ。本人の口から聞いたことがあるんだよ。中学でプロ団体のステージに上がったセリザワだ。たぶん………は昔を思い出す。あいつには、それがすごく辛《つら》い……）

（ナナ姉、とりあえずここから出よ。もうチューニングがはじまる時間だから。………は戻ってくるって。一年と二年に楽器は運ばせてあるから……）

ぐすっと洟《はな》をすする音がした。ナナコだった。

（もう………は、きっと駄目だ。私たちも………終わり……）

（ナナ姉、弱音を吐いちゃ駄目だって。私たちが頑張ってきたことは無駄じゃ……。ほら、この一ヵ月くらい……はあんなに笑ってさ。私たちが一年生のときみたいに……）

（…………）

ナナコとチョコボールギャルが急ぎ足でトイレから出てきた。チョコボールギャルがわたしを見て、「げっ」と叫ぶ。ナナコはチョコボールギャルの肩を押し、先にチューニングルームに行かせた。チョコボールギャルがすれ違い様に睨《にら》んできた。

ナナコに手招きされて、洗面所にふたりで入る。先輩にしめられる後輩の心境だった。

しかし彼女はあっけらかんとしていた。

「ねえ、いつから聞いてたの？」

「た、たぶん最初から最後まで」わたしは馬鹿正直にこたえた。「で、でも聞き取りにくかった部分がほとんどで」

「しようがないよね。ここはみんなの公共のトイレだから」

「だ、だれにも喋《しゃべ》りません」震える声を抑えた。「ほ、本当に。誓って。宣誓します」

「いいよ。喋っても」

「え」

「最悪、セイジョ吹奏楽部は今日でなくなるんだから」

清新女子高吹奏楽部がなくなる……ってどういうこと？

ちくしょう、とナナコは汚い言葉を吐き捨てて下を向く。長い巻き髪が肩からこぼれ落ち、握りしめた拳《こぶし》を洗面台の縁に叩《たた》きつけた。

そのとき、外の通路からハルタの叫び声がした。救いの声に思えたわたしは洗面所から顔を出す。

「――藤島さん、藤島さん、清新女子高の藤島さーん。どこですかー」

「ハルタっ、こっちこっち」わたしは通路を走り抜けようとするハルタを呼びとめた。

「あれ。チカちゃん」

「藤島さんなら中にいるけど……」

目もとを拭《ぬぐ》ったナナコが通路に出てきて、怪訝《けげん》な顔でハルタを見返した。ハルタが駆け寄ってくる。

「遠野さんが見つかったから捜していたんです」

「え」ナナコが驚いた顔を返す。「どこにいたの？」

ハルタは声をひそめてつづけた。

「ホールから一番離れた女子トイレで失くし物を必死に探していました。ぼくの後輩と顧問の草壁先生が彼女を見つけて、たったいまチューニングルームCに戻ってきたところです。セイジョのメンバーももう集まっています」

わたしたちを押しのけて向かおうとするナナコの腕を、ハルタがつかんで引きとめる。

「なに、あんた？」ナナコの目が凄《すご》みを帯びた。

「怖い顔をして、どうするつもりですか？」

「関係ないでしょっ」

荒い声をあげて手をふり払うナナコの腕を、ハルタが再び取った。

「草壁先生に頼まれたんです。藤島さんに心の準備をさせてから、チューニング室に呼んできてほしいって。このまま行かせたら、問答無用に遠野さんを引っぱたきそうな勢いがありますから」

ナナコの顔に動揺が浮かび、ハルタから腕を無理やり離そうとした。「あんたたちに、なにがわかるっていうのよ」

ハルタがナナコの腕を力ずくで引き寄せ、真剣な眼差《まなざ》しを彼女に送っていた。ハルタの男っぽい姿を見てしまい、どきっとした。

「もうわかってしまったんです。時間がないから手短にいいますよ。いいですか？　まずセイジョのメンバーが結束力を高めるアイテムとして身につけているアメシスト。これは願掛けじゃないですか？　ギリシャ語で、あるものの誘惑に負けないという意味があるそうですね」

ナナコがハルタを凝視した。

「それに依存しているひとは糖分や高カロリーの食べ物を避ける傾向があって、逆にいえば、食べさえすればそれを抑制できる。だから無理にでも食べさせる必要があった」

わたしは控え室のおはぎを思い出した。ナナコはまぶたをきつく閉じる。

「最後までよくわからなかったのが、藤島さんたちがまわし読みしていた本で、スティーヴン・キングの『小説作法』。草壁先生が急いで調べてくれたんです。キングはかつて遠野さんと同じ依存症に苦しんで、『小説作法』はそれを克服したことを綴《つづ》ったドキュメンタリーでもあるそうです。内容は壮絶で、きっと藤島さんが必死になって探して見つけた本なんだと思います。タイトルと作者だけでは遠野さんに本の内容を想像させないし、なにより彼女の苦しみをメンバー全員に伝えることなく共有できる」

わたしにはあまりにも話が見えなかった。

「さっきまで、セイジョの一年生や二年生は必死になって遠野さんを捜していました。でも彼女たちはすごく戸惑っているように見えたし、怯《おび》えていた部員もいました。後輩には直接いわないで、藤島さんたち三年生だけが抱える秘密があるんですね？」

ナナコはいくぶんためらったあと、胸の奥から吐き出すようにいった。

「……教えて。トーノはあれをどこに隠し持ってたの？　いままでどうやって私たち九人の目を欺いてたの？」

ハルタは制服のポケットから歯磨き粉のチューブを取り出した。キャップを外し、中身を絞って手のひらにぽたぽたと落としていく。え？　と思った。濁った水みたいな歯磨き粉がハルタの手のひらに溜《た》まっていく。

「頻繁にトイレに行っていた遠野さんの隣で、偶然歯を磨きにきたうちの部員がいたんです。後藤という後輩ですけど、うっかり入れ間違えてしまったそうです。中身は草壁先生に確かめてもらいました」

これは……腐った歯磨き粉？……

「歯磨き粉に大量のウォッカが混ざっています」

・十の秘密　以上、九つの秘密による「断酒プログラム」でトーノを救えなければ、それは私たちの責任でもある。よって清新女子高等学校吹奏楽部を解散する。それがトーノに残された最後の……私たちにできる唯一の――

音のないため息がナナコの口からもれた。顔を見られたくないように、両手で顔を覆った。すこしの沈黙のあと、その手が動く。

「なにがオペレッタだ。これで正体がわかっただろ？　トーノは情緒不安定になると飲んで学校を休むんだよ。このまま卒業させたら間違いなくボロボロになっちまう。落ちこぼれだった私たちなんかよりひどい」

自嘲《じちょう》気味につぶやく声がした。つづいて届いた声には、抑揚は消えていた。

「私たちの活躍でマスコミの注目が集まったんだ。今日だってそうだ。トーノなら私たちと違って、まだ道が開けている。……そう思った。思ったらなおさらやめさせなきゃ駄目だろ？　トーノはさ、孤独が嫌いなくせに、孤独の時間をつくるんだ。ひとりで考えさせちゃ駄目だったんだ。だから規律を厳しくして、ルールをたくさんつくった。どうやったらやめてくれるか必死になって考えた。酒の宣伝があふれるテレビはぜったいに見せたくなかった。依存って逃げることからはじまるんだろ？　だから私たちも言い訳しないよう決めたんだ」

ナナコはハルタが持つ歯磨き粉のチューブに目をとめた。呼吸を整えるようにひとつ息を吐くと、震える唇を薄く開いた。

「……馬鹿だな、トーノは本当に馬鹿だよ。……私たちだって馬鹿だ。トーノをそこまで追いつめていたなんてさ。……忘れてたよ。トーノにとって味なんてどうでもよかったんだ。不安を抑えるためなら、昔を忘れるためなら、味なんてどうだってよかったんだ」

飲酒……。なんとしてでも証拠をつかもうとするナナコたちと、こうまでして隠そうとする遠野さんの執念のすさまじさを感じた。

「動かぬ証拠だよね、それ。最後になるかもしれない大会まできて飲んだんだろ？　おまえらのせいだ。顧問の先生やセリザワが余計なことをいったおかげで、あいつは惨めな思いをしたんだ」

ナナコはハルタから歯磨き粉のチューブを奪い取ると、ハルタを突き飛ばして勢いよく駆け出していった。チューニングルームの方向だった。

「――ハルタっ」

尻餅《しりもち》をついたハルタを助け起こして一緒にあとを追う。もうすぐわたしたちのチューニングがはじまる時刻だった。一方、清新女子高のチューニングの開始時刻はとっくに過ぎている。

階段を二段飛ばしで下り、チューニングルームが並ぶ通路に辿《たど》り着くと、息を切らして立ちどまるナナコの後ろ姿が見えた。

スコアを手にした草壁先生が道を塞《ふさ》ぐように立っていたからだった。先生のそばにはパンダギャルやチョコボールギャル、八人の清新女子高のメンバーが揃っている。みんな三年生だとわかった。秘密を共有していた三年生……

「ナナ姉っ」

八人のメンバーが駆け寄り、ナナコが表情を引き締める。草壁先生を見上げてぺこりと頭を下げた。

「ご迷惑をおかけしました」

「困ったときはお互い様だといわなかったか？」

あのときの言葉をいい返されて、ナナコがかすかに相好を崩す。手にしていた歯磨き粉のチューブを草壁先生に見せた。

「先生も全部知っているんですよね？」

「ああ」と草壁先生はうなずいた。「これからどうする？」

ナナコは目を伏せてうつむく。床に視線をさまよわせ、わずかに考える間をおいた。それから顔を上げ、口を開いた。

「……終わりよ。今日で吹奏楽部は解散。断酒の最終手段でさ、『底つき』っていうのがあるらしいのよ。これからトーノにどん底の経験させるんだ。でも本当はさせたくないんだよ？　だってすでに一度どん底の経験をしてるじゃん。でもそれでトーノが救えるなら、私たちはもうどうなったっていい」

わたしとハルタは唖然《あぜん》とした。そこまでして――。清新女子高の八人の三年生は沈痛な面持ちで聞いている。ナナコは儚《はかな》げな笑みを浮かべた。自分にいい聞かせるような声で、淡々とつづけた。

「頭が悪いからうまくいえないんだけどさ、籠《かご》の中で生きてきたインコは自由に飛べなくてかわいそうって思う？　トーノに会うまで、私にはそうは思えなかったんだよ。だって籠の中で生まれてきたわけじゃん。生まれたときから身の程を知ることができて本当にラッキーだよ」

ナナコの目尻《めじり》に滲《にじ》むものがあった。

「トーノが私たちに新しい世界を教えてくれたんだ。ステージで演奏が終わって拍手が鳴り響く瞬間をさ。あの瞬間だけ、私たちは籠の中から出ることを許される気がしたんだ。身の程を知っていても、高く飛べることを許される気がしたんだ。そんな世界があるってことを教えてくれたトーノのためなら……私たちはなんだってするよ」

パンダギャルとチョコボールギャルが洟《はな》をすすっていた。彼女たちに目をとめた草壁先生は深々と息を吸い、努めて冷静にいった。

「……六月の中部大会が終わってから、彼女は一滴も飲んでいない」

「だったらなんで、こんなものに仕込んで持ち歩くんだよ」

「不安だったそうだ。君たちのステージを守りきる最後の最後の手段として、隠し持って握りしめていたそうだ」

「うそだ。トーノがそうまでして逃げたかったのは、クズの寄せ集まりの私たちと一緒にいる現実なんだって」

そんなことない、とわたしは強く反発しようとしてやめた。今日会ったばかりの部外者が軽々しくいえる言葉じゃない。でも、でも、でもでもでも……

ナナコがアメシストのネックレスを外し、投げ捨てようとして、わたしの身体がとっさに動く。真剣白刃どりみたいに彼女の腕を両手で押さえてとめてしまった。

「なによ、さっきからあんたたちコンビは？」

「いえ、あの、その」

しどろもどろに返すと、草壁先生がわたしに目をやり、微笑んで前に出た。

「スコアの秘密を教えようか」

そういってナナコにスコアを手渡す。

「噂には聞いているだろう？　いずれそのスコアは、全国の中高吹奏楽部に出まわる可能性があるものだ。理由はアレンジが優れているだけじゃない」

ナナコたち清新女子高のメンバーの視線が、草壁先生に集中した。

「……ここにいる中心の三年生が卒業して、清新女子高吹奏楽部の部員が減ったとしても、演奏できるスコアになっているんだ。つまり、編成の足し算と引き算が可能なスコアになっているんだよ。これをつくるのは難しい。高いアレンジ能力だけではなく、部の存続のための強い意志がなければできないんだ。遠野さんは君たちから逃げ出そうと思っていない。吹奏楽部が解散されることも望んでいない。これからあらわれる第二、第三の君たちと同じ世代の少女たちの居場所を守ろうとしている。彼女を信じてあげたらどうだ？」

ナナコの黒い目が大きく見開かれる。

「……トーノはなんていってたの？」

「もう君たちまで失いたくない」

ナナコの口元が震え、腕時計に目を落とした。

「……十分も遅れちゃったよ」

「君たちが信頼関係を取り戻してベストを尽くすために、この十分間の遅れは必要だった。チューニングルームCで遠野さんが待っているよ。彼女なら遅れを取り戻すチューニングとリハーサルメニューを考えているはずだ」

ナナコは動けなかった。草壁先生の静かな声が届く。

「早く行くといい」

「…………ありがとうございます」

絞り出すようにつぶやいたナナコの背中を、八人の手が次々と押していった。

空想オルガン

もうすぐ三十歳というのに、いつから俺の人生は、マンボウを相手にしなければならないほど落ちぶれてしまったんだろう。

目と目の間が異様に離れた面長の男が、革張りの椅子にふんぞり返ってサクマドロップスの缶をふっていた。シャカシャカと質感のある懐かしい音が響き、白いハッカ味のドロップが缶から飛び出してきた。俺の常識ではハズレだ。男も苦々しい顔を浮かべた。しかし男はそれを缶に戻すことなく口の中に放り込んだ。もしかしたら出来た人間かもしれないと、自分に無理やりいい聞かせてみる。

俺の上司はマンボウだ。

都会の雑踏を回遊するマンボウはときどき支店をおとずれては、業績や経理状態をまめにチェックして、次の支店に移っていく。ここと同じような支店は県内に十数カ所あるらしい。

口をすぼめたマンボウが間延びした声を出す。

「なあガンバ。ここだけの話だが、昨日本部に呼ばれてな。近々、組織活性化を目指した大人事異動があるんだ」

「へえ」その手の話に興味はなかった。

「おれはおまえを支店長に推薦しておいた」

雇われ所長の俺が支店長か。ということはマンボウはグループ長に格上げか。異例のスピード出世だ。

「……なんだ。反応が鈍いな」

「わーい、わーい、やったー」

「……相変わらず食えないやつだ」俺のことを知り尽くしているマンボウが無表情にいった。「支店長になれば、そんなふざけたことは、もういっていられなくなるのにな」

俺は真顔になって息を吐いた。「そうなるでしょうね」

「収入は倍以上だ。うまくいけば借金を返せるぞ」

「ええ……」

宙を向いてぼんやりとつぶやく。正直、この会社で昇格などうれしくなかった。成果さえ出していれば、拘束時間は短くて済むし、休日も自由に取れるから働いているようなものだ。

俺は部下を四人抱えている。

ヨイショ、ガクシャ、シジン、ボーボ。

事務所で懸命に働く彼らに目をやった。業務内容は出来高制のテレフォンセールスといっていい。名簿業者から集めたさまざまな名簿を横に、無心になって携帯電話のボタンを押している。電話がつながっても話を最後まで聞いてくれるひとは希《まれ》だ。一応マニュアルはあるものの、この業界では押しの強さと一種の芸が要求される。ヨイショとガクシャは絶好調だった。

「おれおれおれおれおれ。そうだよ、ヒロユキだよ！　お祖母《ばあ》ちゃん、久しぶり！」

「息子さんが痴漢をして捕まっています」

「実は友だちの保証人になったら、その友だちがいなくなっちゃったんだよぉ！」

「ええ、えええ、このままだと逮捕されます。会社はクビですね」

「すぐに金を振り込んでほしいんだって！」

「いまだったら示談に応じられますが」

ふたりとも相手に電話を切られたようだが、まったくめげない鋼の神経をしている。若さってうらやましい。シジンはサポート役に徹し、ヨイショとガクシャがどんどん飛躍させた話に友人役や弁護士役で加わる。交通事故被害者の妊婦の声色を真似たときはたまげた。ヒッ、ヒッ、フーッて息継ぎはラマーズ法か？　馬鹿だろ？

ひとりだけ携帯電話のボタンを押す指が鈍重なやつがいる。

ボーボだった。顔色が悪い。今月は一件も「成約」を取れていない。今月どころか入社してから一件もだ。ただでさえ乏しい生気が電話をかける度に失われている。ボーボには田舎に残した障害を持つ妹がいて、すくない基本給の半分を仕送りしていた。

――お前、向いてないよ。

俺は心の中でつぶやき、マンボウがガリッと口の奥でドロップを砕いた。

いつもは二十分ほどで次の支店に移るマンボウが、今日はなぜか長居している。嫌な予感がしていた。早く海流に乗って移動してくれ。マンボウには天敵が多いんだぞ。人間にだって食べられちゃうんだぞ。

シャカシャカとサクマドロップスの缶をふる音が商店街の福引きみたいにくり返されて、オレンジ色のドロップがようやく缶から飛び出してきた。俺の常識では当たりだ。マンボウもうれしそうだ。お互い目が合ってしまう。

「……なあ。ガンバよ」マンボウのおちょぼ口が開いた。

「なんですか」

「今月の売り上げ、二百万ほど上積みできないかな。帳簿はうまく揉《も》み消すから」

ほらきた。俺はすぐ牽制《けんせい》する。

「支店ノルマで手一杯なんですよ」

「そこを曲げてな、こうして頼んでいるんだ」

下手に出るマンボウを俺は黙って観察した。支店の集金を元金にして、本部にこそこそ隠れてやっている高利貸しで回収を焦げ付かせたのか。自業自得だが、決して他人事《ひとごと》でもない。マンボウの薄気味悪いところは、俺の昇進をこの駆け引きに使わなかったことだ。

「今月はあと五日で終わりますが」

「おれはできない理由を聞きたいんじゃなくて、どうやるかを聞いているんだけどな」

こんな底辺の会社で、そんな前向きすぎる意見なんて聞きたくないぞ。煙《けむ》に巻いてみようか。

「それこそ魔法でも使わなきゃ無理ですよ」

「魔法を使えばいいじゃないか」

俺が眉根《まゆね》を寄せると、マンボウは声をひそめた。

「……おまえの仲間たちで、役立たずがいるだろ」

ふたりで首をまわした。ボーボだ。俺の耳の裏側でマンボウがひそひそとささやく。

「やつをおれに預けろ」

「マグロ漁船か北海のカニ漁行きですか」

「あいつには無理だ。それより行き先が東南アジアの『ひまわり救済ツアー』に参加させる。身体にちょっと傷がつくが、なあに、退院できれば、あとは観光して美味《おい》しいものを食べて、お土産を買って帰れるぞ」

「それは駄目だ」

俺は声をあげて反発した。感情をあらわにしたことにマンボウが目を丸くし、ヨイショも、ガクシャも、シジンも、ボーボも、驚いた顔をいっせいに向けてくる。俺は舌打ちして、彼らに業務に戻るよう片手をふって指示した。

「おれとおまえは一蓮托生《いちれんたくしょう》だ。そうだろう？」

マンボウが声を一段低くする。残念だが俺にはマンボウの舵《かじ》びれにつかまって裏社会を回遊するつもりはない。しかし俺の借用書はいま、マンボウが預かっている。

「――あいつ《ボーボ》には手を出さないでください」

「ふうん」マンボウの離れた目が俺を見つめてくる。「……おまえさ、年寄りには容赦ないくせに、ガキには甘いところがあるんだよな」

甘くて臆病《おくびょう》で腰抜けでなにが悪い。俺は机の引き出しを開けて、付箋《ふせん》を貼った名簿を取り出した。封印していた名簿だ。マンボウが興味深そうに身を乗り出してくる。

「……ほお。他の魔法を使ってくれるのか？」

俺は無視して、段ボール箱に無造作に転がる携帯電話のひとつを手にした。事務所で使用する名簿や携帯電話はすべて本部から支給されたものだ。

名簿をぱらぱらとめくっていたマンボウが面長の顔を上げる。

「おい……。これ」

予め除外しておいた、息子を亡くした年寄りのリストだった。死んだ息子から電話がかかってくるのだから騙《だま》されるわけがない。呆《ぼ》けていれば別だが、それだと金の振り込みや受け渡しが困難になる。いずれにせよ、ヨイショやガクシャやシジンやボーボには手に負えない代物だ。

俺はマンボウから名簿を返してもらうと、赤色の付箋のついた目当てのページを開いた。携帯電話のボタンで番号を押していく。

「待て、待て」

マンボウがとめた。キャビネットから新人教育用の拡声器アダプターを持ってくると、ケーブルを携帯電話のイヤホン端子に接続した。

「趣味が悪いですね」

「実演だ、実演。監督責任のある上司として当然の役目だろう」

ヨイショ、ガクシャ、シジンが耳を澄ませる気配が伝わった。ボーボはひとり黙々と電話をかけつづけている。震えた声が小さくて、ほとんど無言電話だ。……お前、やっぱり向いていないよ。マンボウを甘く見るな。こいつは手ぶらじゃ帰らない。明日にでもお前はこの界隈《かいわい》からいなくなるぞ。

携帯電話の通話ボタンを押した。コールが響く。五回、六回、七回……と指折り数えたところで相手が出た。

〈………〉

時間にすればほんの数秒だったかもしれないが、この沈黙こそが本当の意味で、ふたりのはじめての会話になる。

〈……あのぉ……どちらさまでしょうか〉

老婦人の声、すでに呆けの症状が出ていそうな声がスピーカーから響いた。俺はたっぷりと溜《た》めをおいてから口を開く。

「俺だよ。母さん」

〈……あのぉ……どなたかわかりませんがぁ……息子の孝志《たかし》は……もう亡くなりましたのでぇ……〉

おどおどと気弱な口調に、俺は携帯電話を強く握りしめた。もう後には戻れない。

「俺だよ。孝志だよ」

〈………〉

「俺だ。わかるだろう？　まだ生きているんだ。母さんならわかるはずだ」

明らかに動揺している気配がスピーカーから伝わった。

〈……孝志？〉

「ああ、俺だよ。孝志だよ」

〈…………本当に孝志かい？　孝志が喋《しゃべ》っているのかい？…………。孝志、孝志、孝志、孝志っ〉

気がおかしくなったような老婦人の連呼を、マンボウが息をつめて聞いている。

「――母さん、母さん、ごめん、ごめん。こんなことで電話したくなかったんだ。だけど悪い友人に騙されて、借金の連帯保証人にされたんだ。やくざに追われているんだ。すぐ金が必要になったんだ」

〈……お金？　孝志、いっておくれ。いくら必要なんだい？〉

俺は考えた。年寄りの箪笥《たんす》預金だ。俺の業界の調査では、日本全国の箪笥預金の総額は三十兆円と試算されている。遠慮することはない。

「四百万。母さんなら用意できるだろう？」

〈……よんひゃくまん………それだけ……用意すればいいのかい？〉

「ああ。助かるよ」

喋りながら俺はマンボウを見た。あまりにもうまくいきすぎて、マンボウが呆気《あっけ》にとられている。通常、金銭の受け渡しに関する一切は、本部から派遣される「出し子」と呼ばれる人間を使う。今回は使えない。マンボウも承知しているはずだった。

「母さん。明後日《あさって》の日曜に、三重県総合文化センターで会えないかな？」

〈みえけん、そうごう、ぶんかぁ、せんたー……〉

「大きな施設だから、だれに聞いても行き方を親切に教えてくれるよ。それにその日は高校生の吹奏楽コンクールが開かれるんだ。高校生に道を聞いてもいいし、近鉄の津駅を降りれば、誘導してくれる係のひとだっている」

〈……吹奏楽……ああ、あぁ……孝志ぃ……〉

予想通り、老婦人の記憶は混濁していた。必死にメモを取る様子がスピーカーから伝わってくる。俺は辛抱強く待った。

〈……か、会場に着いたら、どこに？〉

「ひとりでこられるかい？」念を押した。

〈……行くよ。………孝志と会えるなら、這《は》ってでも行くよ……〉

馬鹿が。再び携帯電話を強く握りしめる。

「俺はもうコンクールに参加できなくなったけど、敷地の中でオルガンリサイタルが開かれるんだ」

〈おるがん……おるがんって……やっぱり……本物の孝志なんだねぇ。そこに……そこに行けば会えるのかい？〉

「ああ。とても賑《にぎ》やかだから母さんでもわかるよ。そうだ。待ち合わせは午後の三時にしよう。日よけのテントがあるだろうし、家族連れもいるだろうし、先にひとりで待っていても寂しくないよ」

〈……やさしいねぇ……あぁ……孝志はやさしいねぇ……〉

老婦人はさめざめと泣いている。俺は一切の感情を封じ込めてつづけた。

「そこで必ず会おう。それより今日はもう時間がないんだ。積もる話は日曜日に会ってからにしようよ」

〈——孝志？　もっと声を聞かせておくれ。孝志ぃ〉

俺は無情に通話を切る。それからマンボウのほうに向き直った。

「自分が金を受け取りに行きます。経費は事務所から落としますよ」

マンボウは気後れした様子で、深々と吐息をついた。

「……おい。いまの婆さんとはグルなのか？」

「グルなんかじゃありませんよ。いろいろ勘違いしている婆さんなんです」

本当のことをいった。

「……よくわからんな」

「俺に魔法を使えといったのはあなたですよ」

能率を優先するマンボウが沈黙した。むやみに詮索《せんさく》しないところがこいつの長所のひとつだ。手を汚さず、無関係でいられて、目的を素早く達成できるに越したことはない。

マンボウは革張りの椅子の背に深くもたれ、ぎしぎしと軋《きし》ませた。

「そういやおまえ、昔、吹奏楽をやってたんだったな。そうか、オルガンは管楽器か。おまえにオルガンなんて特技があるとは知らなかったよ」

俺は密《ひそ》かに後悔した。そんな昔話を、ついうっかりマンボウに洩《も》らしてしまったことがあった。一緒に入った居酒屋のチェーン店で、メニューの右端から順に頼んでいいぞといわれたときだ。安いな、俺……

名簿を机の引き出しに戻したとき、一枚のチケットが目に映った。

吹奏楽コンクール　高校B編成の部　東海大会――

今年は県内で、オルガンリサイタルと同じ日、同じ場所で開催されると聞いたとき、奇妙な巡り合わせを感じた。だから急いで予約して取った。今日のことがなくても、俺は最初から行くつもりだったのだ。

「……なあ。高校生のジャリどもや家族連れがうじゃうじゃしている場所なんだろ？　おまえひとりでだいじょうぶなのか？」

マンボウが一緒だと、もっと混乱するだろ。子供が集まってきたらどうするんだ。

「俺ひとりでだいじょうぶです」

晩夏の陽が照りつける事務所の窓に視線を投じ、まぶたを薄く閉じる。

昔の記憶が呼び覚まされそうになった。鏡のように静かだった水面にいったん広がり、ひっそりと消えていく波紋に似ていた。さっきの老婦人のせいだ。俺がいくら会場に足を運んだって、なにも変わりやしない。あの青春時代が戻ってくるわけでもない。

わかっていたはずなのに、どうしてこんな仕事を請けてしまったのだろう？

（お前の仕業か、孝志……）

俺はぼんやりと考えた。


——はっ。

なんだかよくわからないけど、シリアスな夢を見てしまった気がする。

わたしの名前は穂村千夏。吹奏楽と地球の平和を愛する高校二年の乙女だ。ついついバスの中で微睡《まどろ》んでしまった。いけないいけない。慌ててシートに座り直し、晴れ舞台に備えて、髪の後ろに結んだ黒のリボンをちょいちょいと整える。

八月の最終週の日曜日。

わたしたち清水南高校吹奏楽部のメンバーは、貸し切りバスに揺られながら東海大会の会場がある三重県に向かっていた。

ついにここまできた。よかった。本当によかった。感動がじわじわと身体中に広がって足踏みしたくなる。

去年まで無名でコンクールの実績をほとんど持たなかった廃部寸前の弱小吹奏楽部が、

顧問の草壁先生の着任でがらりと変わった。先生が楽器を借りるために大学や中学校などを必死で走りまわったり、練習場所の確保に尽力する間、わたしとハルタも部員集めから練習まで必死に頑張った。夢に向かって奔走した挙げ句、道にたくさん迷って、ときどき遭難(?)するほど迷走したときもあったけど、周囲からの尺度では測りきれない力が蓄えられていたことを知ったのは、今年の夏がはじまってからだった。

エントリーしたのは小編成B部門のコンクール。草壁先生が指揮を執ってからわずか十六ヵ月で、地区大会を勝ち上がり、県大会も突破し、三重県総合文化センターで行われる東海大会へと進んだのだ。

ぐすっと洟《はな》をすすった。泣くのはまだ早い。わかっている。きっとこの先、わたしたちが体験していない世界が待っているのだから。それを見届けるまでは泣くもんか。我慢、我慢……

一方ハルタは斜め前のシートで仮眠をとっていた。シートのリクライニングを結構倒しているので、アイマスクと可愛いつむじが見える。今朝の朝練では寝不足そうだった。ハルタでも緊張して眠れないことがあるのだ。

わたしは腰をすこし浮かして、バスの車内に視線をめぐらせる。

成島さんは口数がすくない。マレンもどこか落ち着かずに耳にイヤホンをあてている。

カイユは指を小さく動かして、タタッ、タタッタ、タタタ……とリズムを取っていた。意外と本番に弱い後藤さんは、後ろのシートに座る一年生たちの中で、祈るように両手を合わせて目をつぶっている。

最前列のシートでは片桐部長と草壁先生が通路を挟んで座っていた。今年の夏が最後になる部長はさすがに達観しているというか、どこか腹が据わっている様子で、頼もしく感じる。今日だって一番とか二番といった極端に早い演奏順ではなく、十四番を抽籤《ちゅうせん》で引き当てた。演奏時刻は午後十二時五十分。最後から二番目で、遅い順番を引き当てたのはこれで三大会連続だ。みんなで前泊というのも魅力的だけど、演奏のコンディションを考えれば、慣れた環境で朝練をしてから出発したほうが断然いい。

そして――バラバラだったわたしたちをひとつにまとめあげてくれた草壁先生を見た。今年の六月に過労で倒れたことがあったけど、それ以外は、わたしたちだけ校舎に残して帰った日は一日もない。

草壁先生の熱意にこたえたかった。一回限りの本番で、悔いが残らない演奏をしたい。

県大会が終わってから三週間、やれることは全部やった。緊張とストレスで身長が毎日二ミリずつ縮んでいく思いをしたのはわたしだけだけど、今日までみんな本当に集中して練習ができたし、とくにここ数日間は全員がひとつの個性として、同じイメージで演奏できるよう、くり返しくり返しなぞるように確認してきた。

シートに腰を落ち着かせたわたしはバスの窓に流れる風景を眺めた。水平線に白い薄雲がかかっている。午前の陽射しを受けて、きらきらと眩しく反射していた。わたしたちの町の海とはどこか違う。

もう三重県に入ったのかな。急に遠くにきてしまった実感が湧いた。

今朝の出発前のことを思い出す。

応援に行けないけど……と朝早くバスの見送りにきてくれたひとたち。

生物部、発明部、地学研究会のみんな。

演劇部の部長の名越に関しては、校舎の四階からトラックが待つ一階まで、楽器の搬出を甲斐甲斐《かいがい》しく手伝ってくれた。彼いわく「秋の公演の役づくりで、いまスランプに陥っている。お前らの手伝いは気晴らしにすぎない」だって。ふうん。へえ。こんな朝早くから？　この照れ屋さん！　なんでも「平成・三匹の子豚」という舞台で、「舅《しゅうと》との二世帯住宅に悩んでいる」「三十五年ローンの家を建てたが無職になった」「狼にすらやさしいエコとバリアフリー対策をやりすぎた」といった家々を建ててしまった豚たちのカウンセリングを行う狼という難しい役どころに挑戦するみたいだ。そう早口で説明していた。わかった。本当に演《や》るつもりなら観に行くからね！

いままで関わってきた同級生の応援と期待を一身に受け、わたしたちは東海大会に臨む。

腕時計に目を落とした。今朝、お母さんに呆《あき》れられるまで何度も時報で確認した時計だ。

会場の三重県総合文化センターには、お昼前に到着する予定だった。幸いにも高速道路は順調に流れているので、途中パーキングエリアに寄って充分な休憩を取ってもおつりが出る。
ブブ……と携帯電話が振動した。メールの着信だと気づき、ふたつ折りの携帯電話を開く。芹澤さんからだった。そういえば今日は伯母《おば》さんと一緒に車で会場に駆けつけるといっていた。わたしはメールの内容を読んでみた。

[件名]　バスで移動中？
[本文]　こっちは観光を兼ねて朝から三重の御殿場《ごてんば》海岸に寄っています。
今日は意外なゲストが二名追加。いっておくけど、伯母さんがどうしてもっていうから、しかたなく応援に行くんだからね。

はいはいそーですか。そういえば伯母さんはずっとオーストラリアで暮らしていたんだった。観光ということは前泊したのかな？　いいな。意外なゲスト二名ってだれだろう。
わたしはちまちまと親指を動かして返信する。

[件名]　Re:バスで移動中？
[本文]　会場には十一時前には着くよ！　朝練も問題なし！

へえ……三重にも御殿場って地名があるんだね。
海岸の名前なんだ。
ところで意外なゲストってだれ？

ブブブ……と芹澤さんからの返信はすぐにきた。

［件名］Re:Re:バスで移動中？
［本文］あのね（怒）。
メールで明かしたら意外じゃなくなるでしょ？
会場に着いてからのお楽しみにしなさい。
それよりいま、目の前の砂浜に面白いものがあるんだけど……

わたしはちまちまと返信する。えい。

［件名］Re:Re:Re:バスで移動中？
［本文］なにをう（怒）。
意外なゲストって先にメールしたのはどっちだ（泣）！

ところで砂浜の面白いものって、なあに？

文面の最後でわたしの性格が出ることに気づいた。ブブブ……と芹澤さんからの返信はまたすぐにくる。

［件名］Re:Re:Re:バスで移動中？
［本文］確かに（笑）。
砂浜の面白いもの？　伯母さんが見つけたの。
緊張がほぐれるかもしれないから、写真撮って送るね。

返信メールに添付画像があった。それでは緊張をほぐしてもらいましょうか。添付画像を開くと、広い砂浜を斜め上から撮ったアングルだとわかった。ナスカの地上絵みたいな絵が描かれている。

なにこれ？……

巨大なマンボウの絵だった。

マンボウのおちょぼ口のあたりで屈《かが》み込む男性の後ろ姿があった。がっくりとうなだれる様子の男性の手には流木の切れ端があり、なんとなく哀愁が漂う。まるでマンボウに食べられてしまいそうな構図で、すこしだけおかしかった。

潮風というものは、俺にいろいろなことを教えてくれる。

まず風に音があることを気づかせてくれる。これは重要なことだ。そしてそれが日常の雑音を消し去ってくれることを知る。そうして俺の耳に残されたものは無音……。自然の音は最高の音楽だというヒーリング馬鹿たちはここを勘違いしている。一度でも本物のオケを聴いてみろ。

腕時計に目を落とした。今朝、時報で確認して合わせた時計だ。まだこんな時間か。

御殿場海岸に寄りたくなったのは大きな意味があるはずだ。

それともお前が導いたのか？

目の前にはボンネットから煙を噴き出している愛車のＧＢ１２２型二代目サニートラックがあった。通称サニトラ。可愛いこいつのエンジンもオーバーヒートで無音になった。

無念だ。

サニトラを冷やす時間をここで潰《つぶ》さなければならない。

俺は御殿場海岸の砂浜に下り立った。このあたりは遊泳禁止区域だから、日曜日というのに閑散としている。いまここに流れ着いているのは、大量の乾いた海藻、さまざまな形の流木、そして真夏なのにスーツとネクタイ姿のしなびた男だけだ。

俺は手ごろな流木の切れ端を手に取り、砂浜に大きな絵を描きたくなった。決して現実逃避ではないぞ。

海から吹く潮風が生臭かった。でも不思議と嫌じゃない。むしろ懐かしささえ覚える。まるで生命の根源につながる大事ななにかに気づかせてくれるようだ。右手に持った流木の切れ端が砂浜に思いがけない曲線を描く。俺の右手もこの潮風の不思議な力に逆らえないようだ。

右手《おまえ》はいったいなにを描こうとしているんだ？

教えてくれ、母なる海とサンシャインよ。

そうして無意識のうちにできあがった巨大なマンボウの絵を見て、俺は落胆してひざをついた。はあ……。昨日から一睡もできないわけだ。

タイミングを見計らったように、ポケットに突っ込んでいた携帯電話から着信音が鳴った。あっちのマンボウからのメールだった。

［件名］サニトラで移動中？

［本文］こんな時間に海とは風情だねぇ。

額に滲《にじ》んでいた汗が一瞬で凍りついた。

なぜ俺の行動がわかる？　俺はほとんどだれもいない砂浜を見渡し、あそこしかないと確信する。

「うおおおっ」と、革靴がからめ捕られそうな砂浜にもかかわらず、俺は獣のような雄叫《おたけ》びをあげて全力で走り出した。低い丘になっていた砂浜を上りきり、海岸線の道路に出ると、前方で日傘をさした初老の女性と高校生くらいの若い三人の娘がきゃあきゃあ悲鳴を上げている。構うものか。やっぱりあそこしかない。

「――みんな、いまのうちに逃げなっ」

え？

三人の娘のひとりが叫び、厚底のサンダルが豪速球で飛んできた。

ゴッと鼻先に鈍い音がして一瞬俺は白目になる。再び視界を取り戻したとき、俺は仰向《あおむ》けになって倒れていた。ぼやける視界に映ったのは、麦わら帽子を目深にかぶったギャルが仁王立ちしている姿だった。

「よかった。生きてる」

そういって彼女は一目散に逃げていった。ちょっと待て。お前たちはなにか大きな誤解をしていないか？

立ち上がって砂を払った俺は駐《と》めてあったサニトラに近づいてドアを開ける。機材をどけてくまなく探した。案の定、助手席のリクライニング部分に会社の携帯電話がガムテープで固定されている。GPS付きの機種だ。

俺は舌打ちした。

マンボウの紹介で俺が足を踏み入れることになった海山《うみやま》商事は、社長をトップにして、直下に四人のグループ長がいる。各グループは「AT」とか「SF」といった事業呼称がつき、俺が所属する「IC」では「振り込め詐欺」、俗にいう「オレオレ詐欺」が行われている。

ターゲットは六十歳以上の年寄りに絞っていた。

年寄りに電話をかけて金を振り込ませる複数の支店と、各支店を束ねる支店長で構成され、振り込ませた金を引き出す「出し子」がグループ長直属で存在する。「出し子」は常に監視されていて、持ち逃げできないシステムになっていた。

つまり分業制が確立され、完全に横の関係を断ち、芋づる式に摘発されない仕組みになっているのだ。

いまの俺は完全に規定外の行動を取っている。マンボウの過保護ぶりに感謝しながら、身に覚えのない携帯電話を海に高く投げ捨てた。

オレオレ詐欺か……

散々ニュースで報じられ、警察も銀行も注意を呼びかけている世の中だ。こんな詐欺に引っかかる老人のほうが悪いと思っている若いやつらは大勢いるだろう。しかし実情は根深く、ほとんどのやつらは重要な根本部分から目を背けている。

俺たちは金を奪っているんじゃない。親のこころを奪っているんだ。

……俺だってはじめの頃は、こんな荒唐無稽《むけい》な犯罪が成立するなんて、とてもじゃないが思えなかった。昭和生まれの人間は身内の恥を隠すものだと知っていても、どこか納得できずにいた。

「自分の子供や孫の声を聞き分けられない年寄りが、日本にどれくらいいると思う？」

マンボウが俺にいった言葉だ。馬鹿馬鹿しい質問だと思った。

いくら呆《ぼ》けても身内の声くらいわかるだろう。

しかしマンボウの次の言葉に、この犯罪の本質を垣間《かいま》見た気がした。

「おまえ、年に何回帰省している？」

言葉に詰まった。俺はここ数年、実家に近づいてさえいない。俺のまわりのやつらだって学生の頃は一種の義務感で盆と正月は帰省していたが、社会人になってからは年に一度帰省すればいいほうだと聞く。

仮に年に二日の帰省、親の残りの人生を三十年とすれば、死ぬまでに六十日しか一緒に過ごせない計算になる。子供にとってはまだ三十年という長い歳月かもしれないが、親にとってみればたったの二ヵ月だ。

今後、その日数は増えるだろうか。

おそらく砂時計の砂のように減っていくだろう。

自分が結婚して子供が生まれて、その子供が成人したら、離れていても会いにきてくれるのだろうか？

俺が思っている以上に、親子の絆《きずな》は希薄になっている——携帯電話やインターネットが発達して、コミュニケーションの距離が縮まったと考えるのは短絡的かもしれない。むしろ嫌なものから逃げる手段が増えたと考えるほうが的確だ。そして目に見えない、肌に触れることもできない相談相手が増えたことも深刻だ。知識は目から、知恵は耳から得るものだと、子供の頃に絵本で学んだはずなのに、大人になってすっかり忘れている。

親のこころを奪う。

親の無償の愛を奪う。

そんな糞《くそ》みたいな犯罪を受け入れた俺は、残酷なやつだろうか。

親のこころが欲しい。

親の無償の愛が欲しい。

——くそっ。馬鹿馬鹿しいと思った。

俺は目の前に広がる砂浜を眺める。どうやら浜辺には、少年たちにいじめられている亀はいないようだ。この期に及んで俺は、なんでもいいから自分をとめてくれそうな要因を探している。

往生際が悪いな。愛車のサニトラが復活したら出発だ。無理ならタクシーでもつかまえて三重県総合文化センターに向かえばいい。

時間ならまだ間に合う。


バスの右側のシートに座る部員たちが急にしんと静かになった。息を呑《の》むような表情で窓の外を見つめている。

わたしもそのひとりだった。

目も眩《くら》む陽射しに照らされて、水平に広がりのある近代的な建物が次第に見えてくる。

三重県総合文化センターだった。事前配布されたパンフレットによると「祝祭広場」と「知識の広場」のふたつの広場を囲んで、有機的に配置された五つの施設を回廊が結ぶ構造になっているらしい。回廊！　確かに遠くから目の当たりにすると、神聖というか侵しがたい領域というか、はるばる地方からやってきた田舎高校生には、余計なプレッシャー以外のなにものでもない雰囲気がある。

大型バスの駐車場に到着したのは午前十時半だった。楽器搬入は十一時二十分。それまでは控え室で待機だ。時間はある。

わたしたちはバスから降り、長旅でかたくなった身体を伸ばし合う。他にも貸し切りバスがたくさん到着していて、出場校の生徒たちが会場に向かってぞろぞろ列をつくって歩いていた。色鮮やかなブレザーや見慣れない制服は、県大会と同じ光景だけど、東海大会ならではの特徴もあった。

そのひとつが会場に搬入している楽器だった。どれだけお金持ちなのよ？　と思うくらい素人目に見ても高そうな楽器を持っている。すくなくともわたしたちの学校のような寄せ集めの中古楽器とは違う。

「これが噂の格差社会なんですね」

勘違いしている後藤さんが、わたしの右隣でため息を洩《も》らしている。

「同じ高校生だよ」

ハルタがわたしの左隣に立ってぽつりという。

どの生徒たちも、緊張と興奮とが入り混じった顔で楽器を握りしめていた。中には手が震えている女子生徒もいる。不安に襲われているのは、わたしだけじゃないんだ……

「よし。行こうか」

準備ができた草壁先生と片桐部長が先頭に立ち、カルガモの行進みたいに会場の大ホールに向かった。マレンと成島さんは堂々と胸を張って歩いている。見習うことにした。だんだん気持ちが落ち着いて、バラバラだったみんなの足並みが揃ってくる。他校の生徒たちは、すれ違えば礼儀正しく挨拶《あいさつ》してきた。強豪校であればあるほどその傾向は強く、もう勝負ははじまっているという気概が湧いてきたわたしは、元気よく挨拶を返す余裕ができた。

しかし会場の大ホールに近づくにつれて、その余裕は早くも消え失《う》せた。すでに演奏順の一番目と二番目の高校の生徒たちが外に出ている。手を取り合って晴れやかな笑みを浮かべる生徒もいれば、洟《はな》をすすって泣いている生徒もいた。中でも号泣している生徒には、地区大会や県大会では見られなかった悲愴《ひそう》感があった。東海大会まで進んで取り返しのつかないミスをしたのだろうか……。気圧《けお》される光景だった。

ごくっと唾《つば》を呑んだとき、わたしの制服の背中をぱんと叩《たた》くひとがあらわれた。

「びびってんじゃねーよ」

驚いてふり向くと、ナナコと遠野さんが私服姿で立っていた。黄色いホルダーネックのワンピを着たナナコは、つばが切りっぱなしの麦わら帽子を片手でひらひらさせていた。遠野さんは髪型をベリーショートに変えている。県大会で金賞の枠を競い合った清新女子高吹奏楽部の部長と副部長だ。芹澤さんと、日傘をさす芹澤さんの伯母《おば》さんも一緒にいた。

意外なふたりって……

「チケットが取れたんだよ。だから応援にきた」

ナナコがわたしの目をまっすぐのぞき込むようにいい、遠野さんが横から手を握りしめてくる。これほど心強いゲストはいなかった。


ナナコが片桐部長に、遠野さんが草壁先生に挨拶をしている。清新女子高吹奏楽部は県大会で金賞を受賞した。東海大会に出場できない金賞だったけど、ステージの袖《そで》で出番を待つ間に聞いた拍手が忘れられない。たぶんその日一番長かった拍手だった。彼女たちが悔いのないオペレッタを演奏できたのは、後日わたしたちのもとに届いた演奏後の集合写真を見てわかった。

ナナコと遠野さんは来年、吹奏楽の市民団体に加入するそうだ。二年以内にノウハウを学んで、ゆくゆくは自分たちだけでアマチュア吹奏楽団を設立する計画らしい。ふたりが話すと実現度が高そうだった。

ハルタはすこし離れた場所で芹澤さんの伯母さんと話をしている。コンクールの流れをかいつまんで説明している様子で、なにやら盛り上がっていた。後藤さんたち一年生は、伯母さんの差し入れのうちわを気持ちよさそうにパタパタと扇《あお》いでいる。

「……どう？」

芹澤さんがにやにやして近づいてきた。手には飲みかけのペットボトルのお茶があった。

「どうもこうも」わたしは口を尖《とが》らせる。

「どうもこうも、ってどうなのよ？」芹澤さんも口を尖らせた。

「で、どう？」

「なんで私に返すの？」芹澤さんは目を丸くした。「どうどうどうって暴れ馬をなだめているみたいじゃないの」

「ごめん」わたしは頭《こうべ》を垂れて悄気《しょげ》る。「……ちゃんと聞くからこたえて。いまのわたしたちって、どうかな？」

「どうって？」

芹澤さんは瞬《まばた》きをくり返している。彼女の目にどんな形で映っているのか知りたかった。四月に音楽準備室で会ったときから、彼女に認めてもらえるようになるまで頑張ろうと、わたしはひとり目標を立ててきた。

「……そうね。嘘はつけないけど」

「それでもいい」

芹澤さんは吐息をつき、マレン、成島さん、ハルタ、カイユ、後藤さんの順に視線を注ぎ、それから一括《くく》りにするようにわたしを見た。

「巧《うま》いひとは巧いし、下手なひとは下手なまま。それに加えて層がまだ薄い。今年は代表鉄板と呼べる高校がなかったことを差し引いても、どうして東海大会に出場できたのかが不思議。あなたたちの演奏は聴いていて疲れる」

わたしはふらっと卒倒しかけ、芹澤さんが慌てて支える。さっき下手なほうで一括りにされちゃいました……

「あのね。つづきがあるのよ。コンクールっていう勝負の場所では、確実に勝てる無難な演奏ってあるのよ。でもそれは聴いていて、ちょっとしんどい。良い意味でも悪い意味でも地味になって、薄味で印象に残らないことが多いし」

「え……」

「アンバランスなあなたたちを、草壁先生が力ずくでまとめあげているの。スコアもそういうふうに毎日すこしずつアレンジされてきた。他の学校にはない特徴なの。先生とあなたたちの巡り合いは奇跡といっていい」

「それって……やっぱり先生の力？」

芹澤さんは首を静かに横にふった。

「穂村さんは出だしがすごくいい。体育会系で鍛えた度胸があるの。穂村さんだけじゃない。みんなそう。いままでの二大会は出だしが成功していた。いい？　機体はアンバランスだけど、離陸がうまくいくジャンボ飛行機を思い浮かべてちょうだい」

わたしは黙ってうなずいて、芹澤さんを見すえる。

「一度高く飛べれば、あとはちゃんと飛行して、着陸できる力を持っているの。下手なひとは技術不足をハッタリで補っているし、空中分解しそうなところで、マレンや成島さん、上条くんや檜山くんが必死に支えている。それがいまのあなたたちのバンドなの。聴いていて疲れるっていったのは、いい意味で捉《とら》えて欲しいの。聴いている側が癒《いや》されるんじゃなくて、エネルギーを消耗する。心地よく疲れる。その受け手側の感覚はすごく大事なことなの。だから自信を持って」

わたしはぐすっと洟をすすって、目尻《めじり》を指で拭《ぬぐ》う。

「まったく面倒臭いわね……」

芹澤さんが恥ずかしそうにつぶやき、えへへと笑みを浮かべたわたしは、彼女が持つペットボトルのお茶を指さした。

「安心したら急に喉《のど》が渇いちゃった。ひと口」

受け取ったペットボトルのお茶を、ぐびぐび飲んで、ひと口ぶん残して返した。

「おまえ喧嘩《けんか》売っているのか」

「なによ。わたしの家ではそうなのよ」

つかみ合うわたしたちを、戻ってきたナナコと遠野さんがきょとんと眺めていた。

演奏順四番目の高校が外に出てきたタイミングで、片桐部長の集合の合図がかかった。

再び控え室に向かってぞろぞろと移動する。手荷物を置いたら、楽器搬入の準備をしなければならない。

「——あれ、カイユは?」

ハルタが首をまわした。わたしも目で捜す。

みんなの列から離れた場所で、屈《かが》み込むカイユの背中を見つけた。

大ホールに向かう広い歩道の端にベンチがあり、そこで歩き疲れたように腰を下ろしているお婆さんがいた。真っ白な総髪だった。カイユがなにか喋《しゃべ》りかけている。

ハルタと一緒に駆け寄った。

「カイユ?」

わたしが声をかけると、カイユが困惑しきった顔でふり向いた。

「……他の学校の関係者か保護者かわからないけど、朝からずっといるみたいなんだ」

朝から? 小柄なお婆さんを見た。夏草の織りが入った濃紺の着物に、白の革草履を履いている。いわれてみればコンクールの来場者をうかがわせる身なりのよさがある。お婆さんが大切そうに抱えているのは古びたトランペットケースだった。

「あの、だいじょうぶですか?」

わたしが呼びかけても、お婆さんはトランペットケースをぎゅっと抱きしめるだけで、それ以上の反応を示さない。

「お孫さんの学校はどこですか？」

今度はハルタが聞いた。お婆さんは首を左右にふるだけだった。ずっとこんな感じ？　ハルタの目がいい、カイユがうなずく。

じりじりと照りつける陽射しを感じてわたしは天を仰いだ。お婆さんが日傘をささないのはトランペットケースで両手が塞《ふさ》がっているからだと思った。このままだと直射日光と暑さにやられてしまいそうな予感がした。

「お婆ちゃん、お婆ちゃん」

カイユが何度呼びかけても反応はなく、そこでようやく、このお婆さんが疲労で動けなくなっていることを知った。

「医務室に連れて行ったほうがいい」

わたしはいった。医務室があることは事前配布のパンフレットを見て覚えていた。カイユがお婆さんの脇に腕をまわし、ハルタも手伝おうとすると、

「私たちが連れていこうか？」

ナナコと遠野さんが近づいてきた。

「先に控え室に行きなよ。こういうのは女同士のほうがいいって。行こ、お婆ちゃん」

わたしはふたりに医務室のある施設の場所を教えた。うなずいたふたりは、お婆さんの身体を両側からやさしく支えて歩き出していく。

「――上条、穂村、檜山、行こうか」

顚末《てんまつ》を見計らったような片桐部長のため息交じりの声がかかる。待っているみんなのもとに戻ろうとすると、ハルタの足がとまったことに気づいた。なにかを興味深く眺めている。わたしもハルタの視線を追った。

会場の敷地で、重そうなオルガンを運ぶ運送業者のひとがいた。

オルガン……

コンクールの会場ではじめて見る楽器だった。

だれが弾くのだろうと思った。


俺は三重県総合文化センターに到着した。

そして俺の横には、ドライアイスのように煙を噴き出すサニトラがある。お前はよく頑張ったよ。しばらく休め。

敷地を歩き進みながら見まわした。複合型文化施設というより巨大なショッピングモールを彷彿《ほうふつ》させる。オペラやミュージカルに対応できる施設なので、子供の頃に抱いた公共施設の無機質で寂寞《せきばく》としたイメージなんて皆無だ。

吹奏楽コンクールの東海大会は、右手にある大ホールでもうすぐはじまる。

今日はB部門だ。普門館に行けない小編成の大会か。いまどきの高校生は欲がないというか、こぢんまりしているというか……。俺の高校時代は部員が十数人規模でも、平気で大編成のA部門にエントリーする馬鹿な学校がたくさんあったぞ。後先考えないというか、無謀というか、はっきりいって無茶苦茶だが、そういう馬鹿は俺は嫌いじゃない。

俺は目の前で慌ただしく動きまわる高校生たちを眺めた。俺の高校時代と違って男子生徒の割合が多くなっている。そしてみんな、礼儀正しく挨拶《あいさつ》を交わし合っている。体育会系以上に礼儀作法が徹底されているところは昔と変わらない。

自分がこの空間で異物のように感じたときだった。

「ごくろうさまですっ」

その爽《さわ》やかな挨拶が異物の俺に向けられたものだと気づくまで、すこし時間がかかった。後ろめたさもあって、とっさに身を隠してしまう。

髪の後ろで黒いリボンを結んだ女子高生が通り過ぎていった。健康的で手足がすらっと長い。引きつった笑顔を浮かべて、選挙運動中みたいに誰彼構わず挨拶をしまくっていた。挨拶の無駄撃ちというか、本番前に貴重な体力を消耗しているというか……身体中から元気が発散しているような女子高生……

彼女が足をつまずきかけ、後ろにいた男子生徒が慌てて手を引く。いいコンビに思えた。

おっちょこちょいだけど太陽のように光り輝く彼女を、日陰にいる彼が支えている。なぜかそんな気がした。

十代のお前たちは、ひねくれた大人になってしまった俺から見ればファンタジーだ。確か空想上の動物で羽の生えたペガサスという馬がいたな。お前たちを喩《たと》えるなら、生まれてからずっと空を飛びつづけてきたペガサスかもしれない。やがて自由を求めて地上に足をつけるときがくるだろう。そのときにはもう、羽が消えてなくなっていることを知るだろう。羽が消えたあとは、俺のようにただ空ばかりを眺めて生きないではしい――

やべ。自分が虚《むな》しくなってきた。若者を見ると、どうも感傷的になってしまう。

ここにいる元ペガサスは空ばかり恋しく眺めていたせいで、マンボウに足を食いつかれてしまったんだぞ。真似すんなよー。

俺っていつから人生を転落したんだろうな……

大学を卒業して五年勤めた会社を辞めたときか。あの頃の俺は、クレジットや街金から総額五百万の借金をしていた。どうしても必要な金だった。親や身内や友人にも頼れない、かといって自分の力だけですべて工面できない――そんな血を吐くような金だった。足りなかった金をかき集めるために、闇金にまで手を出したのが運の尽きだった。それが会社にバレてしまい、あっさり辞表を出す羽目になった。居づらかったのは昔からだから、本音をいえばある意味、円満退社だったと思う。

闇金なんてさ、弁護士を通じて訴えればなんとかなるらしいし、実際そうしているやつらも多いと聞く。だが俺は、すくなくとも法外な利率とわかっていながら借りたんだ。納得して土下座する勢いで借りたんだ。だから後出しジャンケンみたいに「やっぱおかしいよ」なんていうのは筋が通らないと思ったんだ。

ま、そういうことで、俺は借金の金利の支払いでがんじがらめになっていた。退職後、前の会社のつてでまわしてもらった仕事がなければ、いつ行方不明になってもおかしくない状況だった。金利さえ払えるかどうかのギャラだったが、仕事内容は気に入っていたんだ。自暴自棄になっていた俺は、人生について考える時間がほしくてパチンコ店に入り浸る生活を送っていた。

そんなとき、あのマンボウと出逢《であ》った。

「……おい、おまえらみたいな素人ギャンブラーと、プロのギャンブラーの違いってわかるか？」

これがマンボウからのファースト・コンタクトだった。

面長の顔、異様に離れた目、そして間延びする声。

パチンコ台と真剣勝負をしていた俺はぎょっとした。いつの間にかマンボウが隣に座っていたからだ。マンボウの噂は聞いていた。個人で小さな金融会社を興している。法改正で逆に商売がやりやすくなったらしい。商売の主な場所はパチンコ店だ。冷暖房が効いて、遠慮なく煙草が吸えて、なにより客が向こうから声をかけてくる。数万円単位の金の貸し借りだ。パチンコ店に出入りする客の大半は思考停止しているから、楽な商売をしているんだなと思っていた。

なんで俺に声をかけてくるんだろう？

それよりさっきの質問だ。素人ギャンブラーと、プロのギャンブラーの違い。

もちろん知っている。すくなくともプロは宝くじみたいな醜悪なギャンブルに手を出さない。脳天気な「ドリーム」という言葉に騙《だま》されない。

「どの世界でも、当てはまるんだけどさ……」

俺の反応を待たずに、マンボウはひとり言のようにつづけた。

「プロは反省する。おまえらは後悔する。それだけだ」

返す言葉がなかった。同時に俺は最大限の警戒をした。いつもと違うマンボウの恰好《かっこう》だ。ダンヒルのブルーのスーツ。おそらく本国ものだ。そしてピカピカに磨き上げられたフェラガモの靴。数万円の金の貸し入れをしたいがために、俺の隣に座ったとは思えない。

「……悪いがさ、おまえのことを調べさせてもらったよ」

「お、俺のスリーサイズなら非公開だぞ」

マンボウは無反応だった。おちょぼ口を動かして、「そういう妙に弁が立つところも情報通りだな……」

「──情報？」

「おまえの借金に興味があるんだ。ちまちま数万ずつ借りて、無自覚に借金を膨らませていくやつらと根本的に違う」

その程度の情報か。しかも誤解している。俺はあのとき、まったくまわりが見えていない状況だった。どこで大金を借りていいのかわからず無茶ばかりした。急いでいた。一刻も早く工面したかった。

俺はパチンコ台の椅子から立ちあがった。マンボウに借りはない。喋《しゃべ》ることもなにもない。水族館か海に帰れ。

「……親との絶縁で一千万。だってな？」

マンボウの言葉に、俺は凍りついたように動けなくなった。マンボウは満足そうな間をおいたあと、サクマドロップスの缶を取り出してシャカシャカとふりながらつづけた。

「理由は聞かないよ。ただおまえのようなやつに、うってつけの仕事があるんだ。天職といっていい。おれはな、信頼できる右腕が欲しいんだ。借金はおれのところで一本化してやるから、おれのもとで働けよ」

こうして俺は海山商事とかかわることになり、オレオレ詐欺の支店をひとつ任されるまでになった。ヨイショ、ガクシャ、シジンをスカウトしたのは俺だ。こいつらのおかげで業績は右肩上がりだった。そして約束通り、マンボウは自分のところに俺の借金をスライドさせた。苛烈《かれつ》を極めていた返済の催促は嘘のようにぴたりとやんだ。

全身にまわっていた借金の火の粉だけは、マンボウが払ってくれたのだ。

はたしてこれでよかったのだろうか。

マンボウと出逢わなかったら、俺はどうなっていたのだろう？

命を取られないのなら、コツコツと返しつづけていただろうな。一生かけて利息を払いつづけることになっても文句はなかった。いまとなってはカチカチ山のたぬきが愛《いと》おしく思える。たぬきはよく頑張ったよ。

現実に戻った俺の目の前を、女子高生の集団が通り過ぎていった。演奏が終わった高校だとわかる。中心にいる髪の長い生徒が肩を震わせて泣いていて、まわりの生徒が慰めていた。ソロパートでトチったのか。俺の高校時代もそうだった。コンクールでは必ずある光景だ。

実は俺もトランペットのソロでミスをしたことがある。

なんでもないところで音を外したのだ。それが演奏会で二度もつづいた。

俺にソロを譲ってくれた孝志の面子《メンツ》を潰《つぶ》してしまった。

二度あることは三度ある。仏の顔も三度まで。陰でそうささやかれたが、孝志はみんなを説得し、悪者になってまで俺に三度目のチャンスを与えてくれた。孝志はいつだって俺の味方でいてくれた。あいつのお節介が俺には苦痛だった。金持ちで人望のある孝志が、どうして俺なんかにかまうんだ？

——後悔なんかする暇があったら、反省して前に進めよ。

——おれも前に進むからさ。

そうか。孝志がかけてくれた言葉と、あのときのマンボウの言葉が重なったんだ。光と影ほど違うふたりなのに、どん底の中で俺は孝志の面影を垣間見てしまった。

俺は……。

ショルダーバッグから手帳を取り出して、予《あらかじ》め調べておいた今日の行事や開催セミナーのスケジュールを確認する。外の施設利用サービス室の前にあった掲示板も念のためチェックしてある。オルガンリサイタルの開始時刻は午前十一時半で、場所は「知識の広場」だった。ちょうどコンクールの昼の休憩時間と重なる。

俺は手帳を閉じてため息をつくと、目的の場所に向かって歩き出した。

かなり大きなスペースの控え室は、出場校が同時に利用できるようブロックに区切られていた。ブロックごとに他校の生徒たちがかたまって座っている。演奏を終えた生徒たちはすっかりくつろいで喋り、リハーサル開始前の生徒たちは楽器の手入れをしながら言葉すくなに待機していた。対照的な光景だった。

わたしたちは手荷物を置いて、すぐさま楽器搬入口へ向かう。コンクールの演奏は各校十分ごとで進行していく。

大ホールのホワイエから外に出ると、わたしたちと一緒に東海大会に出場した、藤が咲高校吹奏楽部のB部門のメンバーが楽器を胸に記念写真を撮っていた。そうか。演奏が終わったんだ。緊張から解放されて泣く生徒や笑う生徒、さまざまな顔が寄せ集まってポーズを取っている。真ん中には顧問の堺先生が、両脇の女子生徒に腕を組まれ、すこし照れくさそうに口元をゆるませていた。

どんな演奏ができたのか、なんとなく想像できた。ほっとする瞬間だった。

「――あ」

ハルタがだれかを見つけた様子で声をあげる。

不審な人物がいた。この暑い中、黒いパンツスーツに大きなサングラスをした女性だった。医務室から戻ってきたナナコを見て口をぽかんと開けている。どうやらジェネレーションギャップに直撃したようだ。

「……大河原《おおがわら》先生？」

後ろから声をかけると、女性はびくっと身を竦《すく》め、サングラスを外してふり向いてきた。わたしを頭からつま先まで眺めてくる。

「あなたは南高の穂村さん？――上条くんもっ」

六月に藤が咲高校で教育実習をしていた大河原さんだった。彼女は一度弾ませた声を、抑え込むようにして、

「……駄目よ。私はまだ先生になっていないんだから。それより出場おめでとう。こんな形で会えるなんて思わなかった」

話を聞くと、遠慮する彼女を堺先生が無理矢理連れてきたらしい。来年もう一度、教育実習をやり直して教師を目指すという大河原さんは、凛《りん》とした涼やかな笑みを浮かべていた。

「早く行かなくていいの？」

大河原さんがわたしとハルタの肩を押す。そうだった。これから楽器搬入、チューニング、リハーサルと慌ただしくなる。首をまわすと、みんなの後ろ姿が遠くなっていた。

「大河原さんはこれからどうするんですか？」

ハルタがふり向きざま、早口にいった。

「今日は最後まで付き合うし、南高の演奏も聴かせてもらうわ。すこし時間があるから、オルガンの見本市に寄ろうとも思っているけど」

「……オルガンの見本市？」

「知識の広場のほうで、そんなふうな催し物が開かれるそうよ。教室のオルガン。懐かしいよね」

運送業者のひとが運んでいたオルガンを思い出した。こんな場所で即売会でもするのかな。オルガンって一台いくらするんだろう……。はっ。いけない。

「ハルタ、早く行こ」

「あ、ああ」

大河原さんと別れたわたしたちは、楽器搬入口に向かうみんなのあとを追った。ひとの流れに逆らって進むと、ナナコが片桐部長を引きとめている姿に遭遇した。

「ねえ、手伝わなくていいの？」

「ああ。だいじょうぶだ。県大会のときは助かったよ」片桐部長が礼をいっている。

「いいって。じゃあこっちは先に、昼ご飯でも食べて待つことにするよ」

ナナコのそばには、日傘をさす芹澤さんの伯母《おば》さんと、グリコのジャイアントカプリコを黙々とかじる遠野さんがいた。

「あ。穂村さん」伯母さんに声をかけられた。「ねえ。直子を見なかった？」

そういえば控え室を出てから芹澤さんの姿を見ていない。わたしとハルタが「いえ」とこたえると、伯母さんは首を傾げて、

「困ったわね。ふらふらとどこかに行っちゃって……」

「携帯は？」わたしはたずねた。

「それがね……」と伯母さんはばつの悪そうな顔をして、バッグから芹澤さんの携帯電話を取り出した。「ここに着いてからバッテリーが切れて私に預けてあるの」

するとと片桐部長が追い越して声をかけてきた。

「ああ。芹澤なら、すぐ戻ってくるとかなんとかいって、広場のほうに行ったぞ」

芹澤さんを待つことになった三人と別れ、わたしとハルタも楽器搬入口へと急ぐ。

順番待ちするみんなを見つけて合流した。東阪神吹奏楽連盟に所属する高校生ボランティアがトラックの誘導をしている。白いブレザーに身を包んだ他校の生徒たちが働きアリみたいに楽器を運んでいた。常連校だろうか。てきぱきと手際がいい。見習わなくては。

やがてわたしたちの番になり、わっとトラックに群がった。

今日の秘密兵器は、教頭先生が知り合いを通じて安く手配してくれたガルウイングのトラックだった。その名の通り、カモメの翼のように荷室が開くと、おお～と声が湧いた。今朝も感心したけれど、これならすくない部員数でも楽器の積みおろしは効率よく行える。贅沢《ぜいたく》かもしれないけど、県大会の反省が活かされていた。

各自、自分の楽器ケースから楽器を取り出して素早くチェックし、あとは控え室に小さい楽器を持っていくグループと、パーカッションなど大きな楽器を舞台に近い保管場所に運ぶグループに分かれた。

もちろんわたしは後者に交ざった。理由はある。

保管場所までの狭くて長い廊下を汗だくになりながら運んだ。

リハーサル室へ向かう生徒たちや本番の舞台に臨む生徒たちとすれ違う。譲り合いながら先を進み、目が合うと「こんにちは」と挨拶《あいさつ》する。中にはめずらしそうに、わたしたちの制服を眺める生徒もいた。

刺激になる。最後の本番に向けて気持ちが高ぶってきた。

ひとは大人になるたび、弱くなるーよねー
ふっと自信をなくして、迷ってしーまうー
俺の初恋のアイドル、浅香《あさか》唯《ゆい》の名曲を口ずさんでいるうちに「知識の広場」へ着いてしまった。
カラフルな像があり、フリーマーケットくらいなら余裕でできそうな広さだ。ボランティアらしいスタッフが大型テントを設置していて、慌ただしく広場を行き来していた。
今年で三年目を迎えるはずのオルガンリサイタルの準備が進められている。

俺は黙って様子を眺めることにした。

スタッフは不慣れのようだ。手際も連携も悪い。リサイタル開始時刻の午前十一時半に間に合うのかと不安になる。苛立《いらだ》ってきた俺はとうとう我慢できなくなり、広場に入ってスタッフのひとりをつかまえた。

「おい。テントをそこに設営するな。いまはいいが、午後からの陽射しを考えたら右側面に並べたほうがいい」

「綿菓子製造機を置いているってことは、今年は参加者の家族もくるんだろう？　だったら今日の気温を考えて、かき氷製造機をいまからすぐ手配できないか？　氷やシロップだってすぐ買える。連れてこられた小さな子供の身になれよ」

「そこのリードオルガンは西川オルガンといって、大正時代につくられた貴重なものなんだ。開始直前まで陽射しを避けて、それができないなら毛布でもかけて置いておけ」

矢継ぎ早にいう俺に、スタッフたちは当惑している。ひとりがわずらわしさの滲《にじ》む目を返してきた。

「あの。どこのどなたか存じませんが、設営内容はもう申請しているので……」

お前たちから見れば俺は変なおじさんか？　このリサイタルは参加者への配慮を一番にしなければ意味がないんだぞ。

「――さん？　――さんじゃないですか」

久しぶりに本名を呼ばれてふり返る。施設の館内から俺と同い年くらいの男がやってきた。なつかしい顔だ。緑の腕章をつけている。そうか。まだ責任者をやっているのか……

数年ぶりの再会に、彼の顔はほころんでいた。

そんな顔をするなよ。いまから俺はここで、世間に顔向けできないことをするのだから。

ふと俺の視線が彼を飛び越える。驚いた。御殿場海岸で見覚えのある少女が立っていた。

厚底のサンダルを投げたやつじゃない。前髪スカスカのベリーショートのやつでもない。きりっとした眉《まゆ》で、安易にひとを寄せつけない雰囲気のある少女だ。

数時間ぶりの再会に、彼女の顔がゆがんでいた。

テントの設営を仕切り直すために、ボランティアスタッフに指示する大声が会場に響きはじめた。段取りが悪いのは直らないが、ふたりでこのリサイタルを立ち上げた頃と変わらず真面目で言い訳をしない男だ。

「と、友だちは悪くないんだからね。あれは、おじさんが怖い顔で迫ってきたから不可抗力だったの」

彼女はひと口ぶんしか残っていないペットボトルのお茶を突き出してきた。まさか謝罪のつもりなのか？　ぎりぎりまで謝ろうとしない姿勢はシジンに似ているな。それは長所になり得ることを俺は知っている。こういうやつは嫌いじゃない。

「これはなに？　ストリートオルガンにしてはすこし変わっているようだけど……」

彼女が指さしたのは紙腔琴《しこうきん》と呼ばれる手まわし式のオルガンだった。見た目は黒くて巨大なオルゴールといったところか。ストリートオルガンと原理は似ていて、穴のあいた紙ロールを木箱のローラーに通し、ハンドルをまわすとローラーが回転して、紙ロールの穴に空気を通すことで音が出る仕組みになっている。そう彼女に説明した。明治中期に製作された幻のオルガンだとはいわなかった。権威や伝統など気にせずに、手で触れて感じてほしい。年一回、場所を変えながら開催されるオルガンリサイタルでは、紙腔琴から教室のオルガンまで、さまざまなオルガンが蒐集家《しゅうしゅうか》の厚意で無償貸し出しされている。

西川オルガンの鍵盤《けんばん》を、彼女は愛《め》でるように撫《な》でていた。

「……へえ。オルガンおじさんって、けっこう詳しいんだね」

褒め言葉と受け取っておこう。俺は傷つかないぞ。

「君のほうこそ、ストリートオルガンを知っているなんて通だな」

通どころじゃない。常に背筋がぴんと伸びた姿勢、理想的な長さと皮が厚くなっている指先、なにより紙ロールを見ながら、俺が説明するより早く音程を口ずさんでいた。こういう人種を俺は見たことがある。音楽家を志す若者だ。

俺は気づいた。彼女の片耳に小さな補聴器があることを。そうか。音楽家を目指していたのは過去の話か……

「かわいそうな楽器」

彼女はぽつりといい、吹奏楽コンクールの東海大会が行われている大ホールの方向に視線を投じた。

「オルガンがかわいそうと思うのか？」

「思う」

「どうして？」

「私たちの間では無視されてきたし、吹奏楽コンクールの編成にも入れてもらえない。今日だって、こんな敷地の外れに集められてかわいそう」

彼女のいいたいこともわかる。オルガンは構造上、強弱をつけることが難しく、演奏技術で個性を出しにくい。著名な音楽家からも敬遠されてきた歴史もある。だけどオルガンには素晴らしい長所がある。いつかそれが広まればいいと思う。この会場をおとずれるひとたちに伝わればいいと願う。

それにしても……

かわいそう、か。彼女は仲間外れのオルガンを通してなにを見たのだろう。

「今日はわざわざ、このオルガンリサイタルに？」

まさかと思ったが一応たずねてみた。案の定、彼女は首を横にふった。

「コンクールの応援だけど」

「コンクールって、東海大会か？」思わず俺の声が弾む。

「そうよ。私の高校の吹奏楽部が初出場したの。去年までほとんど無名だった吹奏楽部がね、みんなの努力で、あっちに行ったりこっちに行ったりしながら、今日の舞台までのぼりつめたのよ」

彼女の口調に熱っぽさがあった。どこか誇らしげでもあった。

無名校が一年かそこらで支部大会出場を果たすまでに成長する。中高生の吹奏楽の世界では、そんなことが現実に起こり得る。十中八九、指導者の交代とみていい。だからアマチュア吹奏楽は面白いのだ。

「県外の高校なんだろう？」

「どうしてわかるの？」

「俺が見た限り、あの海岸付近に停まっていた車で県内ナンバーはなかった」

彼女は瞬《まばた》きをくり返した。「……なんだ。見ていないようで変なところを見ているのね。ちょっとキモイよ、オルガンおじさん」

オルガンおじさんにとうとう「キモイ」の冠がついてしまい、俺は感慨深くなる。職業柄、車のナンバーはできるだけ覚える癖がついていることは内緒にしておこう。

「県外から応援にくるなんて、ずいぶん母校に肩入れしているんだな」

「そりゃそうよ。地区大会、県大会と応援してきたんだから、最後まで見届けないときりが悪い」

なにかが引っかかった。「待て。いま地区大会、県大会といったな？」

俺の問いに、彼女は首を傾げて、怪訝《けげん》な目の色を返す。

「……ええ。そうだけど」

「二大会、君は会場で応援した。そして今日も――」

「だから、なに？」

「いや、なんでもない」

俺の言動に、彼女は眉を顰《ひそ》めて警戒する姿勢をとりはじめた。逆だよ、逆。俺のほうが君を警戒したくなるんだ。迷ったが、誤解される前にいうことにした。

「こたえたくなければ結構だが、いつまで耳の補聴器をつけているつもりなんだ。もう外してもいい頃なんだろう？」

俺を見つめる彼女の表情が変化した。

俺の記憶が確かなら、難聴は大きな音、とくに吹奏楽の生音を直に聴くのは御法度のはずだ。事務所のボーボの妹を思い出した。田舎に残した耳が不自由な妹……

「突発性だったんだな？」

俺は確認するようにいった。彼女は瞬きもせずに俺の顔を凝視している。音楽家を目指して、道半ばで夢が絶たれたのなら、おそらく突発性難聴で間違いない。目の前の彼女は真面目に音楽を勉強してきたのだろう。それが想像以上に過酷な環境であることは、俺も高校時代に孝志から聞いてわかっている。ストレスはときに、聴力を簡単に奪ってしまうことがあるのだ。

彼女はオルガンに目をやり、それからためらいながら話しはじめた。

「……右耳はもう駄目だけど、左耳が秋にはほとんど完治できそうなの」

大事なことは無関係な人間にこそ、つい話してしまうものだ。知らない者同士だから、わかり合えることもある。

右耳はもう駄目か。重いハンデに違いない。しかし彼女には残った左耳がある。

「よかったな。初期の治療がうまくいったんだ。君みたいなケースは希《まれ》にあるんだよ」

音楽の神様はぎりぎりのところで君を見捨てなかったんだ。そういおうとしてやめた。

彼女は首を小さく横にふった。「それもある。だけど私の場合、精神的な原因が大きかったのかもしれないって主治医も驚いていた」

「心因性の疾患だとも聞くよ。それが解決して回復に向かうケースもあるから難病扱いされているんだ」

ボーボの妹はそれが叶《かな》わなかった。あの兄妹《きょうだい》は悲惨すぎるほどの幼年時代を過ごした。

「いつから治りはじめたんだ?」俺は彼女にたずねる。

「左耳の聴力が落ちるのがとまったのが今年の春、それからすこしずつ」

「その時期に、極度のストレスや緊張から解放される出来事があったんだ。おめでとう」

彼女はかすかに笑い、まぶたを深く閉じる。

「そうね。あの娘《こ》と会って、年をとった馬の呪いからやっと解放されたかもしれない」

「……呪い？　なんの話だ？」

「なんでもない。こっちの話」

年をとった馬……。イソップ童話でそんなタイトルの話があったな。老いて挽《ひ》き臼《うす》をまわすことになった名馬の末路の話だ。あれは決して老後の教訓ではない。このおかしな現代では、若者や成人でも急に老いてしまうことがある。

「これからが大変だな」短い言葉の中に、いろいろ含めたつもりだった。

「うん……」彼女もわかっている様子で、短く返す。

たぶん彼女は補聴器を外したくても外せない。突発性難聴が、再発の危険性がないとわかっていても怖いのだ。

そのくせ彼女は、吹奏楽のコンクールに足を運んでいる。

とんだ矛盾だ。彼女の中で、制御できないなにかが揺れ動いているのかもしれない。

「――ねえ。今日のオルガンリサイタルってだれが演奏しにきてくれるの？　時間があったら、私聴きにきたい」

いいながら彼女は腕時計を見た。小さな悲鳴をあげると、「いけない。じゃあねっ」と踵《きびす》を返して大ホールの方向に駆けて行く。感情の揺れ幅が大きい彼女に俺は苦笑する。遠ざかっていく彼女の後ろ姿を見ながら、俺は心の中で語りかけた。

残念だが、この会場にオルガン奏者はこないんだ。オルガンの展示は洒落《しゃれ》ではじめたんだよ。それがいつからか、こんな名物企画になったんだ。

ここにきてくれる家族や先生に、かつての辛《つら》かった日々を思い出に変えてもらうために。そして新たな出逢《であ》いが生まれることを願うために。

オルガンは種類によって音域も音色も大きく変わる、出逢いの楽器でもあるんだ。

そう、出逢いだ。まもなく孝志の母親がここにやってくる。俺を孝志と勘違いして、四百万円を持ってやってくる。

孝志はもうこの世にいない。

だが、孝志はここで生きている——

後藤さんの息づかいと声は震えていて、おかしなビブラートを起こしていた。

「こ、ここは、チューニング室です。コ、ココココ、コンディションはバッチリです。みんなの気持ちも最高潮です！」

「だれに実況中継しているんだ。それに泣きながらいうな」

落ち着いている片桐部長がたしなめるようにいい、後藤さんはすーはーすーはーと深呼吸をくり返している。地区大会、県大会とつづいているふたりのやり取りで、緊張でかたくなっていた一部の一年生がクスッと笑う。

チューニング室の隅ではカイユが黙々とティンパニの調整をしていた。マレンも成島さんもいつもより慎重になっている。

一応わたしたちは本番前の状況を想定して、チューニングとリハーサルの「練習」もやってきた。チューニング時間の二十分間でなにをするのかを決めている。

まず各自のチューニングと音出しで五分。ハルタは耳でチューニングをするけど、わたしはチューナーを使う。だって便利じゃん。それにフルートのチューニングは無駄だとアドバイスするひとがいるけど、わたしにとっては楽器と自分の身体を慣らすための大切な儀式だ。フルートの頭部管のコルクは交換したばかりなので痩《や》せていないし、音出しは問題ない……と思う。片桐部長とマレンのトランペットとサックスの低音は、草壁先生がチェックしていた。

五分きっかりで、バラバラだった音がぴたりとやんだ。ロングトーンで四分三十秒。タンギングが強すぎないか注意しながらフルートを吹いた。ちらっと草壁先生を見やる。

今日は蝶《ちょう》ネクタイをしていた。県大会でのネクタイとスーツ姿とはまた違う印象があって、やっぱりこういう恰好《かっこう》が似合うんだなと再確認した。気づくとハルタも、わたしと同じ熱っぽい眼差《まなざ》しで草壁先生を見つめている。本番前に嫌なものを見てしまった。

つづくバランス、ハーモニー、リズムで三分三十秒。

ここまでは基礎合奏だ。集中して気持ちを前に出す。みんな、今朝の朝練の調子を取り戻すのに必死だった。

草壁先生が指揮棒を持ったので、姿勢を正す。

曲の出だしで五分。芹澤さんの言葉を思い出しながら吹いた。離陸が成功しないと、わたしたちのバンドは空中分解する。心に念じて吹いた。飛行機の小さな部品になったつもりで吹いた。

最後の二分は各自に与えられた。ひたすら音を鳴らすひと、まぶたを閉じてイメージするひと、それぞれが個々の最終調整を行った。

草壁先生が終了の合図を出して、チューニング室が静かになる。みんなの目が注がれた。先生の口がぽつりと開く。

「あと一分ある」

え、と思った。はかったように片桐部長が前に出てくる。

「これで最後の大会だ。円陣を組もう」

わたしとハルタは顔を見合わせ、楽器を置いて急いで前に出た。先生はチューニングのメニューを十数秒単位で削っていたのだ。みんなもつづいて、残りの一分で全員で輪を組む。片桐部長が腹の底から掛け声をあげた。

南高の出陣だ！　俺たちは最高の演奏ができる！　観客に最高のおもてなしができる！

焦るなトチるな、ファイ、オー、ファイ、オー、ファイ、オー！

足を踏みならし、気合いを入れてテンションをあげた。吹奏楽部に入って円陣を組むことなんてはじめてで、胸が熱くなった。


プログラムの後半とあって、チューニング室からリハーサル室に向かう通路は混んでいた。団子状態にならないよう、お互い気を遣って道を空けながら進んでいる。多くのひとたちはリハーサル前の楽器搬入中のわたしたちを優先してくれた。

打楽器担当の一年生がうっかり落としたマレットを、屈《かが》んで拾い上げるスーツ姿の男性がいた。暑いようで上着を片手に抱えている。

フリーライターの渡邉さんだった。カメラを首から提げて鋭い眼光を向けている。こんなところまで……

ハルタに耳打ちされたカイユが憮然《ぶぜん》とした態度でマレットを受け取り、カイユに耳打ちされた成島さんがつんと無視して、成島さんに耳打ちされた後藤さんが渡邉さんのすねを蹴《け》り、最後にハルタが丁重に足を踏んだ。

「最高のおもてなしをありがとう」

なぜかわたしひとりがつかまり、皮肉のスパイスがたっぷり入った台詞《せりふ》をいわれた。

「なによ」

「下馬評では君たちの高校は銅賞どまりだ。前例と実績でしかはかれない評価を覆すだけの演奏を期待しているよ」

わたしは唇を尖《とが》らせた。どうしてこのひとは、こういう物言いをするんだろう。まわりを見た。みんな先に行っている。いまはふたりだけだ。

「応援と受けとめます。他には？」

「草壁信二郎の才能と運で勝ち上がってきた高校に、今回の東海大会は荷が重い。他校と比べてクラリネット奏者のレベルが劣るのも致命的だ」

まっすぐ渡邉さんを見つめた。

「ありがとう」

ぽろっと口から出た言葉だった。渡邉さんが不思議そうな表情を浮かべたので、わたしはつづける。

「今日までいやらしい取材をしてこなかったから、ありがとうっていったんです。それに、渡邉さんなりに気をかけてくれていることもわかりました」

渡邉さんは目を何度も瞬かせてから、ふっと笑みをこぼした。

「まいったな。君はだれでも自分たちの味方にしてしまうようだ。まあいい。客席で楽しませてもらうよ」

「楽しむだけにしてくださいね。みんなを傷つけるような取材は断固お断りです」

「それはどうかな」

わたしは渡邉さんに身体を寄せて、ひそひそ声を出す。

「そんなに取材したきゃ、オルガンの見本市でも行ってくればいいじゃないですか」

「……オルガンの見本市？」

渡邉さんは小鼻に皺《しわ》を寄せた。知らないようだ。

「今日、敷地のどこかでやっているそうですよ。教室のオルガンがいくらで買えるのか、記事になると思いません？」

渡邉さんはやや表情を曇らせ、ちょっと宙を見る目になった。

「……ああ。あれか。君はなにか勘違いしているようだな」

そういって、ホールの方向に去っていった。

リハーサル室で自由曲の通し練習と最終調整をしたあと、ステージ袖《そで》に移動する。限られた時間の中で必要なことはすべてやった。

ステージの裏から袖に抜けていくと、演奏を終えたばかりの生徒たちと、次の演奏に備えて整列する生徒たちでごった返していた。本番後の解放感と、本番前の緊張感が同時に肌で感じ取れる。他校の中にはここまで応援にくるOGやOBもいて、クリップボードを持った係員が進行管理を行っている。

わたしたちが整列し、最後の調律が終わってひと息つく頃に、演奏順がひとつ前の高校のアナウンスがはじまった。カイユは難しそうな顔をしながら、ティンパニの調律をまだ静かにくり返している。

余裕のある片桐部長とマレンとハルタが動きまわっていた。メンバーひとりずつに、なにかを配っている。やがてハルタが足早にわたしの前にやってきた。

「チカちゃん、手を出して」

いわれた通り手のひらを出すと、五百円硬貨がちょこんと載った。暗がりの中でわたしは目を細める。

「これは……」

「姉さんが回収したんだ。奇跡が起こるお守り」

五百円玉貯金箱のアパートのものだった。思わず握りしめて胸にあてる。見まわすと、みんな制服のポケットに入れていた。

ハルタの目がステージに注がれている。

「いままでの練習の集大成だから、ぼくの足を引っ張らないよう頼むよ」

「うん」

素直にこたえると、ハルタがすこし驚いた表情で見つめ返してきた。ひとつ前の高校の演奏が終了して、盛大な拍手が耳を埋める。

いよいよ本番だ。ステージに入場した二十四人のメンバーが所定の位置でセッティングをはじめる。短い夏の間に二度も経験できたから肝が据わっていた。うろうろ、きょろきょろするひとはない。

草壁先生は最終点検に忙しい。譜面台の高さを調節したわたしは、フルートを握りしめながら客席を見た。学校ごとにかたまっているので、わたしたちの応援にきてくれているひとたちの顔はすぐに判別できた。ナナコも遠野さんも芹澤さんも、芹澤さんの伯母《おば》さんも固唾《かたず》を呑《の》む表情で見守っている。

すべての楽器にストッパーがかかったあと、ステージがライトアップされた。

場内アナウンスで曲目が紹介された。指揮は草壁信二郎という最後のくだりで、一部の観客がどよめく。

眩《まぶ》しいライトの中で草壁先生が一礼すると、客席から大拍手が起こった。うれしくなる光景だった。先生にとっても復帰に向けた大舞台なのだ。

指揮台に立った草壁先生が指揮棒を取ると、ホールが静寂に包まれた。顔を伏せていた先生がわたしたちを見渡す。わたしはこのときの先生の顔を、これから先、ずっと忘れることができないと思う。入学してからはじめて見る顔、幸せそうな表情を満面ににじませていた。先生と一緒にもっと高い場所にのぼりたい。本心からそう願える笑顔だった。わたしたちのだれひとり、朝練のときと同じ音を出そうと思うひとはいなかった。それは最初から示し合わせていたことだ。

いましか出せない全力の音で。

草壁先生が指揮棒を振り下ろし、夏の最後の演奏がはじまった。

〈……もうすぐ約束の時間だぞ。ほう・れん・そうを忘れずにな〉

携帯電話のディスプレイにはマンボウからのストーカーじみた着信履歴が並んで、最後の履歴に留守録がオマケでついていた。ちなみにマンボウがいっている「ほう・れん・そう」は、俺たちの業界では「報告、連絡、送金」のことを指す。俺たちの仕事に「相談」なんて過程はまったく必要ない。よい子のみんなは、真似しちゃ駄目だぞ。

午後二時半だった。「知識の広場」は縁日みたいな雰囲気になっていて、風船を持った家族連れで賑《にぎ》わっていた。綿菓子、かき氷、水風船、お菓子の手づかみなんてものもある。

会場の至る場所にオルガンが設置されて、物珍しそうに眺めるひとだかりができていた。

俺は入口付近の壁を背にして、物陰に隠れながらテント内のベンチを観察する。

初老の婆さんがひとり、地蔵のように座っている。おろしたての鮮やかな濃紺の着物を身につけていた。後ろでまとめている髪は真っ白だ。

間違いない。孝志の母親だった。母親とは高校時代に何度か会ったことがある。孝志に呼ばれて家に行ったときだ。孝志は良家の生まれで、広い庭付きの家に住んでいた。俺は母親に歓迎されなかった。俺のいる前で孝志に「友だちを選びなさい」とか「冴《さ》えない友だち」とか平気でいう母親だった。確かに登校日数がすくなかった俺には、いい返す言葉がなかった。そういえば母親はいつも高そうな着物を着ていた。部屋着でも手を抜かない、というのはお嬢様育ちの気質があったのかもしれない。

それがいまじゃ、白髪で皺だらけのしなびた婆さんになっちまった。

きっと向こうは、俺のことなんて覚えていないだろうな。

時間の経過が、彼女の容姿を残酷なほどに変えてしまったのか。……違う。やっと授かったひとり息子の喪失が彼女をあそこまで変貌《へんぼう》させたのだ。

ぼんやりと宙を漂う視線は夢でも見ているかのようにうつろで、ときおり口元で気味の悪い笑みを浮かべている。

本気で孝志に会えると思っている顔だ。交通事故で死んで、火葬まで済ませた息子が、いつか自分のもとをたずねてくると信じつづけてきた顔だ。

彼女の空想には根拠がある。

俺はそれを知ったうえで、彼女をオレオレ詐欺に引っかけた。彼女もそれを望んだように「母さん」と呼んだ俺を孝志として受け入れた。

ふと目を細める。孝志の母親の横に黒いケースが置かれていたからだ。忘れもしない、高校時代の孝志のトランペットのケースだと気づいたとき、俺は右脇腹に手を当ててしゃがみ込んだ。額に滲《にじ》んだ汗が顎《あご》から滴って地面に落ちる。

孝志の母親も横にぐらっと倒れて、トランペットのケースにもたれかかった。この暑さのせいだ。いまはそれを和らげる風もない。テントの中といえど婆さんにはきつかったんだろう。そばにいたボランティアスタッフたちが彼女を医務室かどこかへ連れて行こうとした。しかし彼女は彼らの手をふりほどき、ベンチに座り直した。心配する彼らに、こっちまで聞こえてくるような大声で悪態をついている。

馬鹿な親だ……。

会場内のボランティアスタッフが、今度は俺の異変に気づいてやってきた。うずくまっていた俺は左手をふって遮る。だいじょうぶだ。心配いらない。放っておいてくれ。右手はずっと脇腹を押さえたままだった。離れない。まるで心臓がそこにあるかのように鼓動が指先まで伝わってくる。

俺はかたく目をつぶった。

——これ、「Rondo」という曲だけど、ちょっと聴いてみてよ——

夏のある日、吹奏楽部の部室で、孝志は俺の耳に強引にイヤホンをねじこんできた。ドラムとオルガンが徐々に絡みつくイントロに、俺ははじめて音楽に対して警戒心というものを覚えた。音楽を聴いて、そういう感情が起こることに驚いた。

危ういけれど繊細なフレーズのオルガンの音は、俺を次第に夢中にさせ、思いがけない想像を描かせた。これを俺たちが演奏したら面白いことになるんじゃないか？　このバンドの音を俺たち吹奏楽部が再現したらすごいことになるんじゃないか？　音がもれないようイヤホンを両手で押さえながら、そんな馬鹿げた想いを馳《は》せてしまった。

正直にいうと、「The Nice」というバンドの曲だとすぐにわかった。なぜなら孝志の最近のお気に入りのバンドで、俺が盗み見ていた限りでは、暇さえあればバッグからＣＤを取り出して聴いていたからだ。

俺の反応が想定通りだというふうに、孝志は満足そうな顔を浮かべた。

すぐ我に返った。期待は俺にとって最大の禁物だ。孝志のお遊びに乗せられてはたまったもんじゃない。「聴いていて疲れる」とイヤホンを外して突き返した。

「ははは。そりゃ最高の褒め言葉だね。音を楽しむと書いて音楽と記した最初の日本人はナンセンスだよ。音は楽しむものじゃない、心地よい疲れを得るために耳を傾けるものなんだ」

真顔で話すあいつの屁理屈《へりくつ》に、俺は呆気《あっけ》に取られた。

「やっぱりお前ならわかってくれると思ったんだ。なあ。秋の定期演奏会の曲目でさ、これを推そうと思うんだけど……。お前から推してほしいんだ。おれが味方につくからさ」

悪巧みをするときの孝志の癖を知っている。目尻が下がり、両えくぼがくっきりと出るのだ。俺はいろいろな感情を通り越して苦笑するしかなかった。確かにこの曲の推薦なら俺がお似合いだ。顧問や孝志以外の部員は、病弱の俺にやたらと気を遣う。趣味の悪い打算だが、不思議と嫌な気はしなかった。

「お前はぜったい鍵盤《けんばん》のほうがむいているって。この曲のオルガンを弾いているキース・エマーソンみたいに鍵盤にナイフを刺したり、オルガンの上で仁王立ちをしてくれとまではいわないけどさ」

身ぶり手ぶりおかしく熱弁する孝志に笑いがとまらなかった。いつもひとりぼっちだった俺を吹奏楽部に引き込んで、トランペットをまともに吹けるようにしてくれたのはお前なんだぞ。昨日、最高だって褒めてくれたばかりじゃないか。それが、もうオルガン奏者に転向か？

本当のことをいうと俺は……孝志のことが嫌いだったんだと思う。

でも、その嫌いという感情が、いまでもよくわからないんだ。

俺は教室や部室に入ると、いつも椅子取りゲームをやらされる気分だったんだ。俺は自分の居場所を確保するのに精一杯だった。なんの苦労もせず、常にみんなの中心にいる孝志にこの気持ちはわからないと思っていた。

孝志は人望があって成績も優秀で、それに加えて女子からモテたことも気にくわなかった。俺が人並みに知りたかった女体の神秘だって、あいつは知り尽くしていた。俺の誕生日に水風船で疑似的なおっぱいをつくってプレゼントしてくれたときは、ちくしょう、お前ばかりずるいって半泣きしたっけ。

でも悪い気はしなかったよ。

お前のお節介な声を聞くだけで、俺は心地よい疲れを覚えたんだ。

高校を卒業して、お互い進路が分かれ、数年後にふたりが再会した場所は大学病院の中だった。

孝志は医者の卵で、俺は重病患者だった。

孝志は真新しい白衣がとても似合っていた。

俺のほうは……中学時代から患っていた慢性腎不全《じんふぜん》が急に悪化して、とうとう透析を受ける身体になり、歩くのもままならない状態になっていた。苦労して就職して、ハンデを表に出さないよう、なんとかすこしずつキャリアを積んできた出版社は休職扱いがつづいていた。

再会の日、電池が切れたようにベッドから動けなくなった俺を孝志は見下ろしていた。あのときの表情はいまでも覚えている。

そんな目で見るなよ。どうせ俺は医者の間で笑い者になっているんだろう？　隠さなくたって噂は耳に届いているんだ。

回復の見込みがなくなった俺の腎不全の治療方法は、透析以外に、あとひとつしかなかった。

血縁者の腎臓移植、生体間移植を受けることだった。

母親と妹――。母親がドナーになってくれるものだとばかり思っていた。しかし「適用されなかった」。妹も「適用されなかった」。医学的な問題が生じたわけではなかった。ドナー候補に心理テストやカウンセリング、面接を何度もくり返した病院の判断だった。

それがどういう意味なのか、あのときの孝志ならわかっていたはずだ。

孝志、俺のことを笑えよ。無償の愛なんて空想上の美談なんだ。

だってそうだろう？　肉親といえど自分たちの人生がある。だれだって生身の身体に傷をつけたくないし、万が一、手術が失敗する可能性を聞かされたら戸惑ってしまう。

そんな肉親をだれが責められるだろうか。こんな出来損ないの俺でも大学卒業まで一生懸命育ててくれたじゃないか。拒絶ではない、わずかな本音が、提供したくないという意思表示にとられたんだ。その決定はもう覆らない。

くそ……

俺の苦しさは病気のせいじゃなかった。


「──あの。オルガンリサイタルっていつはじまるんですか？」

照りつく陽射しと現実の声が戻ってきて、うずくまったまま俺ははっとする。

小さな女の子の手を引く若い母親が、ボランティアスタッフにそうたずねていた。赤い風船の糸を握る女の子は退屈そうだった。

「いや……。もう、はじまっていますけど」

ボランティアスタッフがしどろもどろにこたえる。オルガンの演奏ははじまっていない。演奏者らしき人間もいっこうにあらわれない。そんな状況とボランティアスタッフの言葉は矛盾していて、若い母親はすこし戸惑っていた。

「あの。よろしければ冷たい飲み物も用意しています。お気軽に遊んでいってください」

別のボランティアスタッフがうまく切り返し、赤い風船を軽く押した。小さな女の子はストリートオルガンに向かって走り出し、その背中をお母さんが困惑しながら追いかける。

そういえばオルガンの見本市だと勘違いしてやってきた女性がいたな。黒のパンツスーツにサングラスをした暑苦しい女だ。まったく、こんな場所でそんな催し物をするわけないだろう。

オルガンの演奏はもうはじまっているんだよ。

オルガン（Organ）を英和辞典でひいてほしい。楽器のオルガンの他に、もうひとつの訳があることに気づくはずだ。

すでにこの会場で湧き起こっている、ささやかな笑い声、弾む声、泣き声の奏鳴曲《ソナタ》が聴こえないだろうか。

関係のない来場者も、ぜひ耳を傾けてほしい。

俺たちの半生がさまざまな音域となって、同じものなど決してない、かけがえのない音色で紡ぎ出していく――

臓器（Organ）移植者たちが奏でるリサイタルを。

俺は孝志がくれた腎臓のある脇腹に右手を当てて、頭《こうべ》を深く垂れて祈りを捧《ささ》げた。

会場内でだれかが近づく気配があった。

予感がした。目の前の地面を影が覆い、恐る恐る顔を上げる。孝志の母親が立っていた。

崩れるようにひざまずき、泣き顔で俺の両肩を揺すってくる。

「……孝志がここにいるのかい？」

俺は息を呑《の》んだ。確かに俺の身体の一部に孝志がいる。肉親にも感じたことのない繋《つな》がりが脇腹にある。俺はそれに賭《か》けてあんたのところに電話をしたんだ。あれは決してギャンブルじゃなかった。俺には説明できない確信があったんだ。

「……こたえておくれ。孝志かい？」

孝志の死後、医者の制止をふり切って、気がおかしくなったように腎臓のレシピエントを捜しまわった母親の噂を俺は聞いている。

俺は孝志じゃないんだ。高校時代、あんたが散々嫌っていた孝志の友人なんだよ。

「……ほら。お金に困っているんだろう？　持ってきたよ……」

孝志の母親は、トランペットのケースをここまで引きずってきていた。中に札束が入っているようだ。たった一本の電話で、彼女は四百万円の現金を用意してきた。

親のこころを奪い、無償の愛を奪う……

いったいなにが悪い？　親はなにも考えず、なんの想像もせず、躊躇《ちゅうちょ》もしないで、タダでこころも愛も差し出してくれるんだろう？　俺はそれがほしいだけだ。現金という形にして引き出したいだけだ。

「孝志ぃ……なにかいっておくれ……」

孝志の母親は俺の胸の中で、皺《しわ》だらけの顔をぐしゃぐしゃにして泣いていた。彼女の痩《そう》身《しん》は段ボールのつくりものみたいに軽い。俺はひざまずいたまま、途方に暮れて天を仰ぐ。

なあ、孝志。

なぜお前は俺に腎臓をくれたんだ？

なぜ理由を聞く前に、俺の前から永遠に去ってしまったんだ？

俺は退院してまっさきに調べたんだ。簡単には調べられないことだったが、手段を選ばなかった。俺が緊急の移植手術を受けたその日に、孝志は同じ病院で死亡していた。交通事故で生死の境をさまよった挙げ句の死だった。孝志が死ぬ間際までなにを考えて過ごしていたのかはわからない。調べることができたのはふたつだ。日本移植学会に、俺にひとつ腎臓を分け与える申請を出して許可を得ていたこと。孝志がどんな結果になろうとも、その意思は変えないこと。

その事実を知って、俺は涙ひとつこぼさなかった。

信じられなかった。涙をこぼす理由さえ、雲をつかむような話だったからだ。

「孝志ぃ………。孝志の好きな……孝志の好きな水ようかんをたくさんつくってあるんだよ……。一緒に帰ろう……」

胸の中でくり返しくり返し、堰《せき》を切ったような涙声で孝志の母親は訴える。それからつづいた消えてなくなりそうな言葉に俺は耳を疑った。

「……謝りたかったんだよ……。孝志にずっと謝りたかったことがあるんだよ。……プロの音楽家になりたかったんでしょ？　ずっと反対してごめんね……。私が死ぬ前に会えてよかった。……ほんとうによかった……」

孝志がいなくなってからそんなことばかり考えていたのか？　馬鹿だろあんた？　孝志との都合のいい思い出を指折り数えて余生を送っていればよかったんだよ。そうすればあんたはあのときの電話で俺を孝志だなんて思わなかったはずだ。

孝志。この母親のこころと無償の愛を、俺がもらっていいのか？

俺はトランペットのケースに震える手を伸ばした。

その手を引っ込める。できない。俺には大きすぎてもらえない。やっとおまえが病院の集中治療室で考えていたことがわかったよ。あいかわらず嫌なやつだな、おまえは。

このねじれた親子の絆《きずな》を、生を分け与えた俺に修復させたかったんだな？

そうだろ？　孝志。俺は顎《あご》を引いて表情を引き締めた。

「――婆さん」

俺は孝志の母親を突き放していった。彼女は信じられないという顔をあげる。

「さっきから困っているんだよ、わあわあ泣きつかれちゃってさ。確かに俺は貴島《きじま》孝志という人間から腎臓を一個もらった。もうあいつの腎臓は俺のものだ。俺自身、俺そのものなんだよ」

「孝志……」

孝志の母親が絶句する。俺は表情を崩すまいと奥歯に力を込めた。

「いいかよく聞け。孝志は死んだ。あんたと俺を遺して勝手に死んだんだ。俺には高校時代の孝志から預かった言葉がある。うろ覚えだが、今日はそれを返しにきた」

泣き腫《は》らした皺だらけの目が俺に注がれる。

「——母さんの小言を聞くだけで心地よい疲れを覚えた。母さんのことは好きだから、いつかおれが飛び出していなくなるときがあっても、落ち込まないで身体だけは大事にしてほしい」

孝志の母親は、立ち上がる俺を見上げていた。

「……孝志が……孝志がそんなことを……」

「あいつが伝えられなかった言葉と俺の言葉のミックスだ。医者になったのもきっと後悔していない。命日に墓参りに行っているのが俺だけだから寂しがっていたぞ」

これで二度と会うことはない。会場のボランティアスタッフが心配そうにやってくるのが見えた。俺はトランペットのケースには目もくれず、オルガンリサイタルの会場から足早に歩き去った。

東海大会、高校B部門の出場校すべての演奏が終わり、閉会式になった。

結果発表を見届ける生徒たちや保護者でホールの座席があふれ返り、初出場のわたしたちは隅のほうでかたまっていた。草壁先生はすこし離れた席で見守っている。ステージの緞帳《どんちょう》が上がると、出場校の部長が演奏順にズラッと並んでいた。片桐部長が余所《よそ》の子みたいに真っ青な顔をして立っている。閉会の挨拶《あいさつ》が終わると、いよいよ結果発表だ。

「審査の結果を発表します」

ホールにアナウンスが流れると、水を打ったように静まり返った。成績が演奏順に読み上げられていく。出場校すべてに金賞、銀賞、銅賞のいずれかが授与され、発表直後の反応が歓喜の叫び声の高校もあれば、静かに受けとめる高校もある。その落差が激しい。ハルタは結果が読み上げられる度に、パンフレットに金、銀、銅の数のメモをつけていた。金賞と銀賞が授与される大まかな数は決まっているので、演奏順が最後から二番目のわたしたちの高校の予想をしているのだ。金賞が出尽くした場合、演奏順が最後のほうの高校は明らかにテンションが下がる。

わたしは両手を胸の前で重ねて祈っていた。

みんなですべてを出し切った。ミスもほとんどなかったし、ダイナミクスやハーモニーもまとまりがよかった。三大会の中で一番のれたと思う。

……もし欲をいうことが許されるなら、銀賞以上がほしい。願っては駄目ですか？

ほしいです。ください。

東海大会初出場で銀賞以上という快挙を果たせば、吹奏楽を離れた経験者が戻ってくるかもしれないし、来年の新入部員も増えるだろうし、夢だったA部門にエントリーできる可能性が一気にあがる。高校生活で吹奏楽をするなら、一度は大編成で普門館に挑戦したい。二年生のわたしとハルタには、高校生活はあと一年半しかない。

ください、ください、と口の中で唱えるうちに、わたしたちの高校の発表のときがきた。

「プログラム十四番、静岡県立清水南高等学校——」

ふた呼吸くらいの溜《た》めが置かれた。

なんで？　みんなは前のめりになって結果を聞き入った。

閉会式が終了してステージの緞帳が下りても、ホールの中はコンクールの余韻に包まれていた。緊張、充実、そして脱力感が入り交じった不思議な空間だった。

いつまでも帰れないわたしは気づいてしまう。あの下りた緞帳を見るのが好きなんだ。

結果発表を見計らったように、脳天気なお母さんからメールが届いた。

［件名］細かいことは気にしなーい☆

［本文］チカの好きなジャンボちらし寿司《ずし》の標高が、記録的なものになりました。

だから上条くんも呼びなさい。

ごめん。食欲ないわ。

後ろから後藤さんたち一年生の嗚咽《おえつ》が聞こえる。寄り添って肩を抱き合っていた。マレンと成島さんは今日のスコアを見ながらなにか話していた。足りなかったもの、これから得なければならないものを建設的に話し合っている。そうだよね、もうはじまっているんだよね。わたしも気持ちを切り替えなければ。

カイユもずっと険しい顔のままだったけど、いまでは落ち着いた表情を浮かべて、打楽器担当の一年生を呼んで今日の演奏を褒めている。

問題はハルタだ。ひとり、世界の終わりみたいな暗い顔をしていじけている。

「もしかすると……万が一って期待させるものがあったんだよなあ」

片桐部長が銅賞の賞状をかざしながらいった。

「贅沢《ぜいたく》いうなって。いっちゃあ悪いけど、あんたたちみたいな無名校が東海大会に出場しただけでも快挙なんだよ？　それが叶《かな》わない高校はいっぱいあるのに」

ナナコが呆《あき》れていい、遠野さんもうなずいている。

「……わかってる。でもいまはそれをみんなにいうなよ」片桐部長が困ったようにつぶやいた。

「悪い」とナナコが小声で謝る。

「……俺もまさか、この場所で演奏できるとは夢にも思わなかった。受験勉強の時間を削ってまで練習をした甲斐《かい》があったよ」

「大学に進学しても吹奏楽つづけるの？」

「ああ」

「私とトーノもつづけるよ。いつか同じ市民団体で一緒に演奏できる日がくるかもしれないね」

三人は握手を交わしていた。

私服に着替えた草壁先生がホールにやってきて、メンバーが先生を中心に集まる。閉会式がはじまる前に楽器運搬は済ましたので、みんなは手荷物だけだった。

わたしは首をきょろきょろまわした。そういえば芹澤さんの姿を見かけない。閉会式が終わるまでは一緒だったのに……

「いったんホワイエに出ようか。いつまでもここにいたら迷惑だ」

草壁先生が口を開くと、カイユが手を挙げる。

「先生、テコでも動きそうもない部員がひとりいます」

みんなの目が一カ所に注がれた。ハルタだった。ひとりだけ輪に加わらず、シートに座って縮こまっている。お前のメンタルはそんなに弱かったのか。

深く長い吐息をついた片桐部長を、草壁先生が制して近づいていく。

「……上条くん。今日の演奏は南高の集大成だった。出来うる限りのことはすべて出し尽くした。今日のことを結果としてではなくて、過程として捉《とら》えてくれるなら、明日からまた僕についてきてほしい」

「悔しい」ひと言、呻《うめ》くようにハルタがいった。

「ああ」

「先生、ぼくたちは本当に全国大会を目指していいんですか？　人数もすくないし、こんなところでつまずいているようなら無理です」

こんなところでつまずいている――。な、なんてことを。ハルタのメガマウス発動に、みんなが総毛立った。気づくとわたしは駆け寄って、ハルタの頭を思いっきり叩《たた》いた。それだけじゃ気が済まないから何度もぽかぽかと叩く。

「一年生だってもう泣くのを我慢しているのに、なんで先輩のハルタがこれ見よがしに落ち込んでいるわけ？　それにつまずくってなによ？　つまずいたっていいじゃない。上に向かってつまずけば高く飛べるかもしれないじゃない。手足をじたばたすれば、もっと飛べるかもしれないじゃない」

自分の語彙《ごい》の貧弱さが恨めしかった。呆気《あっけ》に取られていた草壁先生が数拍の間をおいて、ぷっと噴き出した。

それは二十三人のメンバー全員に伝染して、成島さんまで、上に向かってつまずくってなによ、と笑いを堪《こら》えている。

みんなが明るさを取り戻してくれて、わたしは安堵《あんど》した。

だってどんな結果でも、笑顔で迎えることができなければ、いままでの努力に対して申し訳ないから……

わたしはひとり先にホワイエに通じる出口まで駆け上がって、みんなに向かって叫んだ。

「早く、早く。みんなで今日のことをふり返ろうよ」

「……魔法は使えませんでした」

俺は携帯電話でマンボウに伝えた。茶目っ気たっぷりに報告しようとしたが、そんな余裕はないのでやめた。耳元のスピーカーからマンボウの不気味な沈黙だけが返ってくる。すでにヨイショ、ガクシャ、シジン、ボーボには身を隠すよう指示してある。ボーボにだけ口座に退職金を振り込むことを約束した。妹にすこしの間、楽をさせてあげられるだけの金額だ。

あとは俺が取れるかどうかわからない責任をマンボウから黙って受け取ればいい。風船がひとつ膨らんでしまいそうな長々としたため息のあと、マンボウの静かな声が届いた。

〈……ひとついいか？〉

「なんでしょう」

〈金を払ってまで自分の親と絶縁したおまえが、他人の親に対してなにを遠慮したんだ？〉

「遠慮しなかったんです。遠慮しなかったから、なにもできなかった」

〈悪いが、おまえと禅問答するつもりはないな〉

「じゃあ、エラーが起きたんです」

〈……ふうん。そりゃ、どんな精密なコンピュータでもエラーは起こるよな。優秀なプログラマーってのは、エラーに備えて予防線を張るんだ〉

俺はつづきを待つ。いままで聞いたことのない、マンボウの底冷えするような声が返ってきた。

〈おまえの部下四人の身柄は確保している。こっちも魔法を使うことにしたんだ。おまえの最後の仕事だ。命がけでやれるか？〉

あいつらが捕まった……。俺は携帯電話を強く握りしめ、呼気を呑《の》み、腹を括《くく》った。

「どんな仕事です？」

〈さっきおまえの部下たちを使って振り込め詐欺をさせた。うまくいったよ。その母親は、どんなことがあっても手を付けなかった金を持っているそうだ。本社の出し子は使えない

から、おまえが直接取りに行ってこい〉

またオレオレ詐欺か。

「申し訳ないですが、別の仕事にしてもらえませんかね？　人殺し以外でしたらなんでもやりますから」

〈そんなこというなよ。おまえの机の中から探したリストなんだ〉

マンボウは十桁《けた》の市外局番の番号をいった。

俺は目を見開き、息を深く吸う。俺の実家の電話番号だった。

「……慣れないことをするんですね」

〈そんなことないぞ。目的の金は回収できて、今月のノルマは達成できて、おつりも出る〉

「じゃあ、俺もひとついいですか？」

〈なんだ？〉

「全部終わったら、足洗って、警察に自首します」

沈黙があった。さっきよりもさらに長い沈黙だった。俺の予想に反して、ゆったりと落ち着いた声が返ってくる。

〈会社を売るつもりか？〉

「俺が関与していたぶんと今回の未遂だけ。俺が逮捕されることで、ひとりの老婦人が長い夢から醒《さ》めるんです。この間、会社が都合の悪い案件を溜《た》め込んでいるといったじゃないですか。やくざの世界でいう身代わり出頭として、それを俺にかぶせてもいい」

マンボウはまたしばらく沈黙に戻った。

〈いつの話になる？〉

「三日後」

マンボウの考える間ができた。

〈……おまえだけ割を食う形だが〉

「それで構いません」

〈受け取ってきた金はガクシャに渡せ。確認次第、ボーボはクビにする。八百万はおまえの金だ。残してやるから、被害者の補償金の足しにでもしろ〉

「借金はどうするんですか？」

〈餞別《せんべつ》だ〉

「……至れり尽くせりですね。いったいどうしちゃったんですか？」

〈おまえ知らなかったのか？　マンボウは海流に逆らって泳ぐこともできる魚なんだよ〉

マンボウのほうから電話を切ってきた。短い付き合いの中で、意外な一面を見た気がした。

俺は吹奏楽コンクールの東海大会が行われていたホールに向かって歩き出した。

通路脇のオブジェのそばで、ひとりの女子高生がしゃがみ込んで大泣きしている。嗚咽《おえつ》する度に、髪の後ろで結ばれていた黒いリボンがぴょこぴょこ揺れていた。

結果発表はすでに終わっている。彼女は悔しそうに声をあげて泣いていた。ここからはホールもバスの駐車場も遠い。泣いているところをメンバーに見られたくなくて、こんな場所まできているように思えた。

彼女のそばで影が伸びた。

気づかなかった。オブジェに隠れてもうひとり、別のだれかがいる。

俺は目を見開いた。オルガンリサイタルで出逢《であ》った少女だった。彼女は黒いリボンの女子高生の親友のようだ。なにもいわず、慰めることもせず、ただじっと黒いリボンの女子高生を見守っていた。泣きたいように泣かせている姿に思えた。

こういうときに余計な言葉をかけないことは難しい。それができるのは言葉を話せないペットか、泣きたいのを必死に我慢してきた人間だけだ。

彼女と目が合う。

「オルガンリサイタルは終わったんですか？」

彼女のほうから口を開いてきた。

「ああ。なにもかも終わった」

俺はポケットティッシュを彼女に向かって放り投げた。黒いリボンの女子高生は、俺たちに構わず泣きまくって、鼻水までたらして、可愛い顔が台無しになっている。

「なにもかも……？　いろいろ事情がありそうですね」

「そりゃ大人だからさ」

「なんだか偉そう。じゃあ大人ってなんなのよ？」

尖《とが》った声で聞かれた。彼女の目を見れば、からかっているわけでないことがわかる。大人の定義か……。意外と難しいぞ。酒と煙草と仕事。これじゃあ彼女は怒るだろうな。もっと真面目に考えよう。自立、責任、義務、権利。それらは世の中の弱者にどう当てはまるかが疑問だ。

「そうだな……。目の前にあるすべてのことを受け入れる覚悟ができたとき、はじめて俺たちは大人になれると思う」

抽象的すぎて期待外れだったのか、彼女はしばらくきょとんとしていた。俺は間違ったことをいっていない。大人になることは、必ずしも年齢や経験によるものではないんだ。当たり前のように受け取ってきた無償の愛を、次のだれかに捧《ささ》げることができるかどうか。彼女にはいわなかった。キモイおじさん呼ばわりする小娘に簡単に教えてたまるか。

「おじさんはもしかして今日、大人になったの？」

俺は苦笑した。十代の女というのは直感でわかってしまうものなのか。だとしたらかなわないな。

屈《かが》み込んだ彼女はポケットティッシュを使って、黒いリボンの女子高生の鼻水を丁寧に拭《ふ》き取りはじめる。黒いリボンの女子高生はされるがままだった。俺がそばにいても警戒しない。

彼女がつぶやく。

「私はおじさんみたいに何年もかけるつもりはないけど……」

「予定は？」

聞いてみた。彼女は左耳から小さな補聴器を取り出すと、ポケットティッシュのお礼とばかりに、俺に向かって高く放り投げてきた。慌てて両手で受け取る。

「早くて来年ね。この娘《こ》たちと一緒に仲間を集めて、全国大会に行くことができれば」

俺は彼女の覚悟を見た。同時にいろいろ腑《ふ》に落ちることがあった。

（——あの娘《こ》と会って、年をとった馬の呪いからやっと解放されたかもしれない）

君は春から受け取ってきた無償の愛を、彼女たちに捧げることに決めたんだな。たぶん音楽家になる夢も捨てていない。

確信した。君が芹澤なんだな。

黒いリボンの女子高生の嗚咽がやみ、芹澤の横顔を凝視している。それからまたぽろぽろと涙をあふれ出させ、洟《はな》をすすり、ひどい顔で俺のほうを向いた。

「渡邉さん……」

「よう」

俺はおどけた調子で片手を上げる。おそらく俺は来年の彼女たちの活躍を見ることはできないだろう。だから最後に言葉を残してあげたかった。だが俺みたいな悪党のエールなんて迷惑だろうな……。よし。

「胸を張れ。顔を上げろ。諦《あきら》めるんじゃないぞ」

それは東海大会への奇跡の初出場を果たし、健闘した彼女たちに贈った最大の賛辞だった。

解説　私たちは歩いている。さらさらと流れる小川の中を

杉江松恋

これは、人生に一回しかない貴重な時間について書かれた作品である。

時の流れは常に動いている。普段は無自覚だが、今こうしているうちにも自分を置いて、ごうごうと流れ去っていく。知らぬ間に流れの中に手を差し入れて、意外なほどの勢いの強さにはっとすることもあるでしょう。流れは、決して元には戻らない。不可逆の世界にいることを知って初めて気づくことがある。心細さ、淋《さび》しさ、今を慈しむ気持ち。『空想オルガン』はそうした思いを描いた小説なのです。

ミステリー作家・初野晴が二〇〇五年から書き続けている青春ミステリーの連作は、静岡県立清水南高校の生徒である穂村千夏《チカ》を語り手とし、幼なじみの上条春太《ハルタ》をその相棒とすることから通称〈ハルチカ〉シリーズと呼ばれている。本書は、その第三短篇集にあたる作品だ。第一、第二短篇集の『退出ゲーム』『初恋ソムリエ』を読まなくても『空想オルガン』の世界は楽しめるが（本書を読んだら、すぐに前の二冊を読みたくなると思うけ

ど）、一応シリーズ全体について紹介しておこう。

第一話にあたる「結晶泥棒」（『退出ゲーム』所収）は、千夏と春太が清水南高校の一年次在籍中のお話だ。清水南高校に入学し、吹奏楽部に入部した千夏はいきなり過酷な現実をつきつけられた。部員は二年生が三人だけ。おまけに顧問の先生が転任して廃部の危機に立たされていたのである。千夏は同じく部員となった春太とともに、傾いた吹奏楽部を立て直そうと奮闘する。そのためには文化祭が格好の宣伝の場なのだが、あることが起きて中止に追いこまれる可能性が出てきた。事件を解決するため、二人は奮闘するのだ。

学校を舞台とした青春ミステリー。設定は一口で言ってしまえばそういうことなのだが、「結晶泥棒」一篇ではわからなかったことが、続篇が次々と世に出るにつれて明らかになっていった。シリーズの縦軸になっている「仲間集め」の要素もその一つである。

『水滸伝』や『南総里見八犬伝』といった古典文学から最新の少年漫画に至るまで、「仲間集め」の構造を持つ物語は多数ある。『水滸伝』のように理想を一にする者たちが集まってくるパターンもあれば、『八犬伝』のように数奇な運命によって引かれあうものもある。登場人物の視点に立ってみれば思いがけない出会いの驚き、友を得られる嬉《うれ》しさがあり、作品を展望する俯瞰《ふかん》の観点でいえば、完成形に向けて着々と駒が揃《そろ》っていくのを見守る悦《よろこ》びがある。そうした大河作品ならではの楽しみを、このシリーズは備えているのだ。

本書の巻頭に据えられた登場人物表は、その〈仲間集め〉の軌跡を示すものである。中には本書のある登場人物のように、すんなりと仲間にはなってくれない者もいて読者をやきもきさせる。仲間はモノではないから、そうそう思い通りにはならないよ、と作者は言いたいのだ。『空想オルガン』の主題の一つは、「真っ直ぐに気持ちを示して友達になろう」ということでもある。素直なことを素直に表明する小説は、とても気持ちいい。

さらに舞台の魅力もある。千夏たちのいる清水南高校には、とてつもない変人がうようよと棲息《せいそく》しているのである。何の因果か、千夏はそれらの危険物を引き寄せてしまう体質だ。『退出ゲーム』文庫解説で千街晶之が指摘するように「一九八〇年代のギャグ漫画で描かれていた変人だらけの学園生活」に清水南高校の雰囲気はとてもよく似ている（ちなみに清水南高校は作者の母校で実在するのだが、当初は名前の無断拝借だったそうである。現在はもちろん使用許可をもらい済み）。こうした世界観は、ギャグの道具として使われるだけではなく、時にミステリーのトリックを成立させるためにも利用されている（『千年ジュリエット』所収の「失踪ヘビーロッカー」など）。また、「昨日の敵は今日の友」のような、少年漫画の鉄板パターンが随所で使われていることも指摘しておきたい。「強敵と書いて友と読む」人々との交流が、千夏たちを助けてくれることもあるのですね。

先に挙げた〈仲間集め〉のストーリーが小説の縦軸になるのだが、そこで目的に向けて奮闘する吹奏楽部員たちの姿を描くために、作者は巧妙な操作を行っている。小説の中から、恋愛の要素が周到に排除されているのだ。たとえば千夏と春太の間柄は、幼なじみ以上のものに決して発展していかない。ある人物を巡って三角関係になっているからだ。「卒業式まで抜け駆けしない」という協定を取り交わしているため、清水南高校吹奏楽部にいる限り、二人の恋はずっと棚上げされたままである。人が恋愛感情を持つことは自然だが、それが読者に不自然と感じさせない形で遠ざけられている。そのことによって作品の登場人物の間には、中性的な友愛感情が成立しているのである。同性同士の気の置けない距離感で、彼ら彼女らは互いを認識しているように見える。そのことによって生まれる安心感は、本シリーズにおける重要な要素だ。〈ハルチカ〉の世界は「決して変わらない心地良さ」の中にあるように見えるのである。

だが時は動き続けている。

前二冊になくて『空想オルガン』にある特徴に、書き下ろしで「序奏」（文庫化にあたり「イントロダクション」と改題）の章が加えられたことが挙げられる。千夏は、次のように述懐するのだ。

――わたしには決めていることがある。いつか大人になって高校時代のことを話すときがきたら、あのときの苦労話や努力の軌跡は決して口にしないと。

これは〈ハルチカ〉シリーズの中で初めて千夏が、自分が時間の流れの中にいることを意識した瞬間である。『退出ゲーム』『初恋ソムリエ』のエピソードの中で、千夏の語りは常に現在進行形であった。流れの中にいる人は普通、流れそのものを見ようとはしない。

だから彼女が時間の意識について言及したことには意味があるのだ。二年生になり、より責任のある立場になったことも関係しているだろう。「高校生活は三年しかないけど、まあ任しておいて。わたしの一日は小学生が感じる並みに長い」とまで言う千夏だが、やはり高校二年生にとって過ぎていく時間は手を掴《つか》んで引き止めたいくらいに貴重なものなのである。先述したように、『空想オルガン』は「友達のなりかた」を描く作品である。そのことに伴うさまざまな思いから、翻って自身を意識したということもあるはずだ。正解は、ない。作品を読み終えた後にもう一度「序奏」を読んでみてもらいたい。そこであなたが感じたことが、きっとあなた自身の答えなのである。

最後に、シリーズをより楽しく読む手引きを書いておこう。左のリストを見てほしい。

1『退出ゲーム』(二〇〇八年十月刊→二〇一〇年。角川文庫)
A「結晶泥棒」(「野性時代」二〇〇五年十一月号「ハルタとチカは文化祭で奮闘する」改題)/B「クロスキューブ」(「野性時代」二〇〇七年一月号)/C「退出ゲーム」(「野性時代」二〇〇七年五月号)/D「エレファンツ・ブレス」(書き下ろし)
2『初恋ソムリエ』(二〇〇九年九月刊→二〇一一年。角川文庫)
A「スプリングラフィ」(書き下ろし)/B「周波数は77.4MHz」(「野性時代」二〇〇九年五月号)/C「アスモデウスの視線」(書き下ろし)/D「初恋ソムリエ」(書き下ろし)

3『空想オルガン』（二〇一〇年八月刊→二〇一二年。角川文庫。本書）
A「序奏」（書き下ろし）／B「ジャバウォックの鑑札」（「野性時代」二〇一〇年二月号）／C「ヴァナキュラー・モダニズム（日常に根ざした建築様式）」（「野性時代」二〇一〇年五月号）／D「十の秘密」（「野性時代」二〇一〇年七月号）／「空想オルガン」（書き下ろし）
4『千年ジュリエット』（二〇一二年三月刊）
A「イントロダクション」／B「エデンの谷」／C「失踪ヘビーロッカー」／D「決闘戯曲」／E「千年ジュリエット」（※「デジタル野性時代」二〇一一年Vol.2からVol.8に配信されたものに大幅な加筆・修正をして書籍化）

1と2、3と4は相似形をなす作りになっている（3以降にある「序章」にあたる前置きなど）。学園ミステリーではあるが、本シリーズには必ず「外に向かって開かれた」話が含まれるという特徴がある。高校生活の中では絶対に体験することがない深刻な、醜悪な現実を少しだけ垣間《かいま》見せるエピソードが、たとえば1－Dであり2－Dであった（というように1と2は作品の配置まで似ている）。それは3の本書にも引き継がれていて、ただ書かれ方は少しだけ違っている。同じように扉は外に向かって開かれているのだが、今回は逆に外から〈ハルチカ〉の世界を覗《のぞ》く視点もあるのである。視点の行き来ができた分、さらに「外」は近く感じられるようになっている。「時間」の要素が導入されたのは、扉の開き方が大きくなったことにも関係しているはずだ。外の現実を直視しつつ、でも自分の内側にあるものを決して諦めないという難事に千夏たちは挑むことになる。

各作品集の共通点として、「居場所探し」のエピソードが含まれていることも挙げておこう。これは「仲間探し」と表裏一体である（あちらに居場所を探している人がいて、こっちに仲間を探している人がいるわけだ）。居場所のない人のために居ていい場所を見つける、というのは初野の全作品に共通する主題だ。本シリーズでも他人の居場所探しのために奔走するお人好したちが、吹奏学部員たち以外にも登場する。1－Cや2－Bがそうした話で、本書ではやや崩した形でそれが行われている。

もちろんミステリーとしても高い水準を維持しており、謎解きが同時に人間ドラマの解決にも結びつく構造（1－B。2－Dの夢のようなラストも忘れがたい）、論理展開で読者を引っぱっていく豪腕の語り（1－C、2－C）、多重解決などの意外な着地点（1－D）など鮮やかな技巧を毎回見せてくれる。本書では青春小説のプロットの中に謎解きの要素を埋めこんだ3－Cが白眉といえるだろう。また、そっけないほどの素早さで真相を示す3－Dの鮮やかさも印象に残る（「書きすぎない」ことも初野の美点の一つである）。

これに作品集そのものの仕掛けという二枚腰の驚きが加わるわけだ。いやはや、なんとも。

おっと書き忘れた。本書で千夏たちは清水南高校を離れ、東海大会出場に向けて初挑戦するのである。首尾のほどは？　それは読んでのお楽しみということで。

主要参考文献

新版　自然界における左と右　マーティン・ガードナー著　坪井忠二、藤井昭彦、小島弘訳　紀伊國屋書店
アルコール依存症の早期発見とケアの仕方　世良守行著　日東書院
小説作法　スティーヴン・キング著　池央耿訳　アーティストハウス
天然石と宝石の図鑑　松原聰監修　塚田眞弘著　日本実業出版社
日本の臓器移植─現役腎移植医のジハード─　相川厚著　河出書房新社
臓器漂流─移植医療の死角─　木村良一著　ポプラ社

参考文献の主旨と本書の内容は別のものです。また本書執筆にあたり、この他多くの書籍やインターネットのHPを参考にさせていただきました。
「ジャバウォックの鑑札」の冒頭の記事は、二〇〇九年十一月二十八日付産経新聞を参考にしました。

本書は二〇一〇年八月に小社より刊行された単行本を、加筆修正の上文庫化したものです。

空想《くうそう》オルガン

初野《はつの》 晴《せい》

平成24年 7月25日 初版発行
平成25年 11月15日 4版発行

発行者●山下直久

発行所●株式会社KADOKAWA
〒102-8177 東京都千代田区富士見2-13-3
電話 03-3238-8521（営業）
http://www.kadokawa.co.jp/

編集●角川書店
〒102-8078 東京都千代田区富士見1-8-19
電話 03-3238-8555（編集部）

角川文庫 17498

印刷所●株式会社暁印刷 製本所●株式会社ビルディング・ブックセンター

表紙画●和田三造

ISBN978-4-04-100379-4 C0193